由英雄的人到人的泯滅

——法國當代文學論集

金恒杰著

三民叢刊 50

三民書局印行

Mais les vrais voyageurs sont ceux-là seuls qui partent
Pour partir [...] dont les désirs ont la forme des nues.

Charles Baudelaire.

旅者的足跡——代序

金恒杰

說我是個歡喜旅行的人，是不夠的。

旅行對不同的人有不同的意義。對我，是在生活中打開一個括弧；不，應該說是把生活放到括弧中去，好讓生命成爲正文。因此，我愛獨遊。

把生活和生命分成兩個論述，照相機就具有了魔術的力量，可以穿牆入壁，來往於不同次元的空間。我旅行，照相機携帶如儀，却往往忘記使用，正因爲生命的滿足有其神聖，不容我分神吧。旅行中留下來的膠片，於是難免零碎，許多是友人特別叮嚀而攝取下來的。我也不能寫遊記，當然絕成不了帶有專業味道的旅遊家，正如稟賦熾烈激情的人絶不願成爲專業愛情家一樣。儼然以愛情爲專業的人究竟有怎樣的快樂？以文學爲專業的呢？我有時懍然自問。

無論是在生活中打開一個括弧，或者把生活放在括弧中去，都有一點遁逃的味道。旅行於我，有甚於歡喜者。我與文學的關係，彷彿也是這樣的。在法國文學的神遊中，居然也積下了一些膠片：最早的成於六〇年代初，現在展視，只見帶出陽光餐飲所留下的古意；最近的，是我幽居中壢，在熾烈的遁逃意願下留出的痕跡。三民書店願意把這一些斑爛的膠片印出來，算是一個旅人的足跡。有人經過看到時會說：咦，有人打這兒走過，也許有什麼可看的。

最後，謝謝雷驤爲我繪畫的女體：這是包括旅人在內的所有的人的大地。

目次

人類心靈的探索者

——莫里亞克

在法國，一提到莫里亞克，大家立即會聯想到一個杌隉不安的小說家，一個以悲天憫人的眼來觀照人性的良心和罪孽、自然律和人間法律衝突的悲劇的基督徒，一個天主教小說家（這一個稱號，他特別反對。他說：我是一個小說家，同時是一個基督徒，但並不是「天主教小說家」romancier catholique）。

他二十四歲出版了第一本詩集，立即獲到《巴黎回聲報》（*L'Écho de Paris*）熱烈的好評。當時的文壇重要評論家巴海斯（Barrès）爲他作文，熱烈推薦之外，在他給莫里亞克私人的信中說了這麼一句預言式的話：

「你的前程如錦而且一帆風順！」

後來，他果如巴氏所料，成爲文學界泰斗。一九二五年，他的小說《愛情的荒漠》得到法蘭西學院的小說大獎，一九三二年膺選爲「文學家協會」主席，一九三三年成爲法蘭西學院院士，得到了法國國內的最高榮譽。

一九五二年，諾貝爾文學獎頒給莫里亞克，對他在文學上的貢獻作了最後的肯定。

一、莫里亞克其人

弗杭蘇瓦・莫里亞克（François Mauriac）一八八五年生於法國的波爾多（Bordeaux）城，一九七〇年死於巴黎。活了將近八十五歲。

莫里亞克出身於一個布爾喬亞家庭。出生後一年八個月父親見背，由虔誠的天主教徒的寡母撫育成人。這種過於濃厚的天主教氣氛的家庭和教育，一方面固然在他人格的發展上設下了嚴酷的限制，得不到心靈的盛放，但同時也種下了他日後對這一個社會和團體的嚴酷的詰問甚至反叛。他的作品中充滿着基督徒靈和肉的掙扎、合「規」和越「規」之間的對峙以及他對小布爾喬亞社會矯情、貪婪和虛僞的抨擊。

一九〇九年，他考上了「夏哈特大學」（L'Ecole des Chartres），這是必須通過入學競試才能就讀的少數「大學校」（les grandes écoles）之一。他逸出了籠罩着他的那個社會的沉重壓力，到巴黎附近上學。但他立卽作出了一個一生中最重大的決定：放棄夏哈特大學，獻身文學創作。這一個決定很不爲他的家族所諒解。

莫里亞克從此踏上戰鬪的生涯。這戰鬪一方面是他對自己文學的創作能力的考驗，一方面也是他宗教信仰心路歷程的掙扎。在對上帝不可動搖的忠誠和對創作的那種異教徒般的熱情之間，常常會產生難以協調的矛盾。對創作，他必須忠誠，他的作品因而一度遭到死硬派的宗教圈的抨擊，被列爲禁書。

以嚴肅的態度來面對生命的莫里亞克，在不義的面前絕不退卻。在德軍佔領法國的期間內，他參加了知識分子地下工作，爲地下刊物撰稿。他的《闇黑手記》（*Cahier noir*）就是以其在地下刊物發表文字的筆名「弗萊士」在「子夜文庫」出版。

二、莫里亞克的作品

莫里亞克在一九〇一年出版了第一本詩集《合十的掌》（*Les Mains jointes*）受到當時被譽爲「青年王子」的巴海斯的熱烈讚揚。他的第二本詩集《向青少年時期告別》只是重複自己，而且流於自耽的悲歌。使他眞正踏入文壇的第一部作品還是小說《給痲瘋病患者的吻》。那已是他出版第一本詩集十二年以後的事了。小說一出，四個月之內賣了一萬八千本，不但得到文學評論界的讚許，也得到了廣大讀者的喜愛。出版界權威《新法蘭西雜誌》開始爲他出書（《火之流》）。從此，莫里亞克的每一本新書都受到各方矚目，讀者的範圍越來越大，引起的反應也越來越熱烈。

從一九二二年到一九四五年可以說是莫里亞克的成熟期。在這段時間裏，他寫了最重要的創作作品之外，還寫了一系列有關古典作家的評論文字，拉辛（Racine）、巴斯噶爾（Pascal）、普魯斯特（Proust）等人。作爲一個天主教的信仰者，他在這一段時期的心路歷程表現在文學創作中之外，也通過了思想性的作品，有了更具體的表達。主要作品有：《基督徒的苦和樂》（*Souffrances et bonheur du chrétien* 一九三一）、《上帝和母親》（*Dieu et Mamman* 一九二九）、《耶穌傳》（*Vie de Jésus* 一九三六）。

從作品的類別上來看，莫里亞克可以說是一個全能作家。他從寫詩開步，接着他寫了：小說、戲劇、評論、文評、政論等等方面的文字。他還曾經做過政治記者，在尖銳的論戰中，有極出色的表現。（這一點紀德要自嘆弗如的吧？）

下面是他的小說一覽，供讀者參考：

小說題目	**出版年份**
《鐵鏈下的孩子》*L'enfant chargé de chaînes*	一九一三
《藉口的袍子》*La Robe Prétexte*	一九一四

《血和肉》*La Chair et le Sang*	一九二〇
《上座》*Préséances*	一九二一
《給痲瘋病患者的吻》*Le Baiser au Lépreux*	一九二二
《火之流》*Le Fleuve de Feu*	一九二三
《母》*Génitrix*	一九二三
《惡》*Le Mal*	一九二四——一九三五
《愛的荒漠》*Le Désert de l'Amour*	一九二五
《黛海絲・戴斯格胡》*Thérèse Desqueyroux*	一九二七
《命運》*Destins*	一九二八
《三個故事》*Trois Récits*	一九二九
《失去了的》*Ce qui était perdu*	一九三〇
《蛇的結》*Le Noeud de Vipères*	一九三二
《馮德納克家的神秘》*Le Mystère Frontenac*	一九三三
《妙人》*Le Drôle*〔兒童讀物〕	一九三三
《夜的盡頭》*La Fin de la Nuit*	一九三五

一九三六	《黑天使》*Les Anges noirs*
一九三八	《墜》*Plongées*（短篇小說集，包括〈黛海絲在醫生診所〉和〈黛海絲在旅館裏〉兩篇）
一九三九	《海之路》*Les Chemins de la Mer*
一九四一	《女法利賽人》*La Pharisienne*
一九五一	《畜生》*Le Sagouin*
一九五二	《迦里蓋》*Galigaï*
一九五四	《羔羊》*L'Agneau*
一九五四	《一個往日的青少年》*Un Adolescent d'autrefois*

三、莫里亞克的「式微」

法國光復不久，莫里亞克在法國文學界的地位受到了挑戰，他的精神生活也面臨相當嚴重的危機。

表面上看，他的地位正如日中天。劇作《不被愛的人》在世界各地上演，他的小說也被譯成各國文字。但是實質上，他的地位已由顛峯開始急遽地下滑。自法國光復後，七年來只發表了一個短篇《畜生》和一個長篇《迦里蓋》，而且反應相當不理想。在劇作上，可以說完全失敗。他往日在青年羣中的熱烈反應，似乎一去不返了。

莫里亞克的「式微」，大概可以從三方面來看：

一、一種革命性的小說新技巧的出現；

二、存在主義哲學的流行；

三、新一代青年的興起。

誠然，法國的文化界對卡夫卡、卓逸斯（J. Joyce）、赫克斯萊、伍爾芙（V. Woolf）等人的名字，並不是完全不知道；自然也聽過美國作家福克納、史坦貝克、海明威、多士・帕索斯……。但是卻要等到一九四五年左右，當大家對古典作品逐漸感到不耐的時候，才對他們的作品熱烈而普遍地崇拜起來。

對莫里亞克拋出第一塊石頭的是薩特。他在一九三九年在《新法蘭西雜誌》上撰文，猛烈抨擊大家對小說的某些觀念。而他所引以爲反面典型，來說明這些觀念的，正是莫里亞克的小說。薩特譴責莫里亞克不給小說裏的人物足够的自我意識，扼殺了他們的良知，不讓人物的人格有所發展。因爲莫里亞克把自己置於一個高高在上，無所不知的優越的位置上，決定了人物的活動和生存。薩特這種小說藝術觀念上的鬭爭，卻掩蓋着意識型態的，屬於形而上學範圍的鬪爭。

薩特所要說的，固然是小說藝術的新觀念，但他同時宣布，莫里亞克小說所討論的天主教哲學已經老朽過時。他小說中人物的掙扎和痛苦，罪與罰均成了一些不必要的，多餘的假悲劇。而只有存在主義——自由哲學——才能繁華出貨眞價實的小說。薩特屹立在他嚴密的思想陣地上，以教條般堅定的信仰，排斥所有不合他思想體系的對世界的詮釋。立在一個新運動的尖峰上，薩特那時風雲際會，所向無敵。廣大的新一代的讀者羣便像茫立在街頭的遊民，紛紛把頭轉向打碎大街沉悶的聲音。薩特的《嘔心》和《自由之路》遂成了新的注意中心。

客觀的情況的確是轉變了。

戰後新成長的這一代青年所面臨的是怎樣的一個世界呢？跟第一次大戰戰後一樣，這一代的青年是屬於瘋狂的一代。戰爭所遺留下的烙印是：拒絕和懷疑。他們失去了信心，失去了上帝。比起第一次大戰後的那一代，這一代的這種失落更尖銳，懷疑和幻滅之感更深沉。莫里亞克小說裏的人物在靈和肉、幸福和受難之間的煎熬都忽然間彷彿從人心中擦去了。在沒有了上帝，沒有了一定價値標準的世界上，似乎也沒有什麼特別對，特別錯的。「存在先於實質」，人的存在樣式就是人的定義。向着一個預設的模範來提昇自己，成功的喜悅，力有不逮的痛苦等等都成爲不必要了。

存在主義就是這樣一個世界的反映，也爲這樣的一個世界塑出新的「道德」規範。莫里亞克逐漸隱到一個灰暗的角落裏去。

而當莫里亞克似乎被半遺忘在黑暗裏的時候，瑞典皇家學院卻頒給了他諾貝爾文學獎，答謝他的小說「對靈魂的洞察入微的分析和高度的藝術張力，爲我們詮釋了人類的生命。」

莫里亞克作品研究

莫里亞克的小說以《給痲瘋病患者的吻》開始進入成熟期。這本小說和後來的《母》、《命運》、《愛情的荒漠》三本屬於一類。一九二二年，他出版了《黛海絲·戴斯格胡》可以說他的小說藝術已達到顛峯。他的小說表達的是對布爾喬亞道德的僵化的一種反叛，但也是作爲一個人（尤其是基督徒）內心掙扎的寫照。

《給痲瘋病患者的吻》是他第一本成熟的作品，而《黛海絲·戴斯格胡》則是他最成功的作品。我們就透過這兩本小說，對他作品的各方面作一個簡單的介紹。

《給痲瘋病患者的吻》是敍述一對夫婦的悲劇故事。男主角——讓·貝魯愛（Jean Peloueyre）——長得矮小猥瑣，從小自卑。加上他幼年失母，由多病暴躁的父親養大，得不到家庭溫暖的滋養，他對生命和愛情都不敢抱什麼奢望。但他的父親爲他向笪吉兒家的女兒奴哀糜（Noémi）提親。悲劇從此開始。

對讓來說，第一眼看到奴哀糜，他就爲之神魂顛倒，但他心中十分明白，自己體貌醜陋，使奴哀糜嫌惡。對奴哀糜來說，她雖然一想到這個蟋蟀般的男人一旦成爲她的丈夫以後，將有權在她身上任意撫摸，便暗暗哭泣，並以入修女院作爲拒絕的藉口。然而貝魯愛家族的財產和地位，怎麼能拒絕呢？「嫁男人不必找個俊的。愛情嘛，成了夫婦之後自然會來的，就跟梨樹會長梨子一樣。」何況，「貝魯愛家的少爺呀，能拒絕的嘛？」那麼些田地呀。

奴哀糜是一個虔誠的天主教徒，結婚之後，她雖然沒有拒絕履行妻子的義務，但一直無法克服她肉體上的嫌惡感。夫婦生活成爲他們痛苦的來源。讓・貝魯愛爲了減輕他妻子的痛苦，藉口要進行研究工作，隻身遠走巴黎。他在巴黎孑然一身，生命漫無目的，像一個孤鬼遊魂，而終於生起病來。

對奴哀糜來說，讓離她而去的這一段時間內，她精神得到解脫，日子過得幸福極了。在這一段時間裏，她對一個以唐璜自許的十分膚淺的鄉下醫生產生了荒唐的情意，不時情思恍惚，想入非非。有一天，她猛然驚醒，發覺再發展下去會不可收拾，就趕快把她丈夫叫回來。讓回到家裏來，心身交瘁，而奴哀糜對他不由自主的厭惡嫌棄，依然如昔。讓失去生的意志，在他的「情敵」鄉下醫生的「關注」下終於死於肺病。奴哀糜在這時候，突然堅強起來，以其對丈夫的記憶對抗鄉下醫生的引誘。

這本小說可以說是莫里亞克式「夫婦悲劇」的典型。

莫里亞克爲我們勾勒出一九二二年的世界，對這個時代的法國人來說，已經是難以想像的，彷彿是一個世紀以前就不再存在的了。但那樣的社會的確存在過，因此，有權利要求被記錄下來。莫里亞克不僅爲我們記錄下來，而且爲它定了色彩的調子，指明了它的脈絡和內部規律。

莫里亞克前幾本小說的重心，似乎在爲我們呈現一幅布爾喬亞社會的諷刺畫。他通過婚姻、家庭等等的悲劇，讓我們看到那樣的社會的不合理性。而形式化了的宗教卻是爲這種不合理服務的（安排讓和奴哀糜相親的不是別人，正是當地的神父）。莫里亞克向大家指出，在那一個社會裏，婚姻的當事人不是一對有血有肉的男女，而是兩個家庭，兩個有田有地的或有名有勢的家庭。婚姻，是另外一種形式的利益行爲。屈服在這種行爲下的男女，一方面是無辜者、被犧牲者；但另一方面，男人和女人彼此迫害——成了彼此的劊子手和被害人。在這裏面，我們簡直分不出是讓的淚還是奴哀糜的淚，是讓對奴哀糜的迫害，還是奴哀糜對她丈夫的迫害。

但是，我們也不能庸俗化，簡單化地把事情一分爲二：一邊是萬惡的社會，吃人的禮教，一邊是純良的男女，無辜的受害者。莫里亞克要走得更遠一些，看得更深一層。他要剖析人性深處的矛盾，那錯綜複雜的愛和恨、靈和肉的衝突：眞正的受難來自心靈深處。莫里亞克在長篇描寫他們之間的互相傷害之餘，卻也爲他們點出得救的道路。對一個信仰神的人，上帝的恩寵是唯一得救之道。這種恩寵要一絲絲滲入當事人的心裏，要當事人透過祈禱，求上帝給他們力量，使他們超越自己而得救（salut）。莫里亞克以驚人的藝術才能，透過男女之間極親密的一面來暗示這兩個生命彼此接近，超越受難的可能：

> 羞怯的受驚的丈夫。在黝闇中，他感覺得到，那一個自己所愛慕的胴體在身旁收縮斂合，他便也盡量地把身子拉遠。有時候，在黑暗中的這張臉孔，奴哀靡因爲看不見，比較不覺得那麼可憎，她竟伸過手去，摸到滿面的熱淚。她滿腔內疚和哀矜，便跟羅馬競技場裏處女基督徒踴身跳向猛獸的膏吻一般，緊閉兩目，嚴咬雙唇，一下子擁抱住身邊這個不幸的男子。

以一死來解脫他所愛者的枷鎖，讓終於在基督的恩寵之光裏死去。他的受難也終於在這光彩之下變成了喜悅：

> 村子裏的人們也就分不出，這究竟是極度哀痛的喪鐘聲呢，抑是晨禱鐘……

從《給痲瘋病患者的吻》下來，一連幾本小說，莫里亞克主要還是圍繞着這一個悲劇。但到了《黛海絲・戴斯格胡》（這本小說中譯本的書名是《寂寞的心靈》，譯者胡品清女士，幼獅文化事業公司出版。）很顯然地，主題的重心偏向人的問題，社會的壓力退爲賓的地位。

《黛海絲・戴斯格胡》也是婚姻生活的悲劇。故事很簡單：一個窒息在布爾喬亞家庭而與丈夫完全不能溝通的少婦，有意無意之間想毒死丈夫。案發之後，由於丈夫顧忌家門聲譽，向法院作了有利妻子的僞證而讓妻子免於刑責。

黛海絲和她丈夫結婚是完全出於自願的。雖然，她後來苦苦追索前情時不得不承認：夫家的財產在她決定接受時，起一定的作用。但，黛海絲家的財產也並不下於夫家，這婚姻倒不是純粹的利益婚姻，而是「門當戶對」（mariage de convenance）。她在婚後和丈夫既無爭執，也沒有不和。但慢慢地，她感到孤獨，和外界幾乎完全不能交通。尤其是她和她丈夫貝禾納之間，正如她所說的：他們對「字」賦於不同的意義。貝禾納是一個粗糙，囂張而脾氣暴躁的男人。日子一天一天過去，終於一天，她發現自己再也不能忍受下去了。這時，她和一個在巴黎上學的學生發生了肉體關係。一個象徵的手法，在黛海絲面前展示一條可能的出路；一扇門，通向她與同類聚集交談的世界去。這麼一個好家庭出身，有着幸福單純的童年的少婦，就這樣下毒謀害她的親夫了！

法院雖然宣判黛海絲無罪，她的丈夫仍然把她當犯人看待。黛海絲從法院回家，希望丈夫會問她爲什麼下毒，從而能够瞭解她，至少嘗試去瞭解她。然而貝禾納只粗暴而簡短地向她宣布了自己的決定：黛海絲此後在她的臥房裏一人用飯，星期天陪丈夫上教堂亮相。這種軟禁生活過了不久，她終於失去生的慾望，瀕臨萎死的邊緣。她娘家來探望她時，才和她丈夫談妥條件，放黛海絲一條生路，讓她離家到巴黎生活。

在最後分手的那一刻，貝禾納終於問她下毒的動機。黛海絲聽到這個遲來的問題，感到非常地高興。她要開始向他解釋如何有一天她看到貝禾納自己不愼加重服藥的份量，如何產生不適的反應……但她才說了一句貝禾納就不耐地拒絕相信，她只好閉口，不再抱任何和他「交通」的希望。

莫里亞克的藝術手法最驚人的是氣氛的營造。一方面他的文體特別纏綿，一個句子套一個句子，好像海邊的浪頭，看看沒有了，又突然慢慢湧現上來。他小說的氣氛也是纏綿得很的。黛海絲本人的孤絕感在那荒涼孤寂的沙地，一望無際的貧瘠的松林的襯托之下特別尖銳。黛海絲在做出她的犯罪行爲之前，就是禁閉在這樣一個荒涼貧瘠的風景線上，就像一個囚犯被禁錮在監獄裏。黛海絲小時候不用說是純潔得像白雪一樣的小女孩。青少年時期，她一直是一個功課出眾、品學兼優的好學生。她心中唯一的罪惡種子，就是她的激情吧。這激情，就像潛伏着的一隻獸。莫里亞克爲我們佈置了一個荒涼的景致，讓我們看到猛獸在鐵柵後面的受苦的情況，竟使我們看到黛海絲是在怎麼樣的情況下變成一個下毒的罪人的，而叫我們深深地同情她。

《黛海絲・戴斯格胡》以女主角到巴黎獨立生活爲結束。莫里亞克後來寫了兩個可以獨立存在又與《黛海絲・戴斯格胡》有關聯的短篇：《黛海絲在醫生診所裏》、《黛海絲在旅館裏》和一個長篇：《夜的盡頭》。

當黛海絲在巴黎和她的丈夫分手時，讀者彷彿覺得一隻險些死在籠子裏的鳥終於獲得自由。但接下去的一本又一本的小說，卻爲我們描寫了黛海絲更大的沉淪，在愛與慾裏不能自拔，直到生命的盡頭：也就是夜的盡頭，眞可謂「蠟炬成灰淚始乾」了。

卽使莫里亞克對迷途的羔羊充滿着同情，他並不認可。

黛海絲固然是一個充滿着激情的「安琪兒」，但她的一生終究是穿過長長黑夜的旅程。她會不會回到上帝的身邊呢？莫里亞克在《基督徒的受難和幸福》裏有這麼幾句話：

> 走到激情的盡頭，穿越了火和煙，腳被炭爐灼傷，口渴欲死，也許會回到上帝的身邊。他將走完圓圈的盡頭回到出發的原地，回到虔誠的孩提，祈禱、敬畏和純潔。(37)

要了解莫里亞克的思想，我們不能不讀他的思想性的作品：《基督徒的受難和幸福》。激情（passion）和肉慾是人的罪的根源，激情和肉慾也就是基督徒痛苦的根源。但人類的延續又不能沒有激情和肉慾，這是造物（從基督徒的立場來說，是上帝）安裝在我們身體裏的機關，是不受我們自己意志的支配和控制的。伯徐愛（Bossuet 一六二七——一七〇四，法國主教、大傳教家）對信仰的要求極爲苛刻，卻也禁不住說：「主啊〔……〕對這自然的深而可恥的創口，誰敢說什麼話呢，對這把靈魂和肉體接連起來的，如此柔情而又如此烈性的結——我們的肉慾，誰敢說什麼話呢？」

在莫里亞克的小說裏，被激情所引誘的犯罪者，常常是聰明而美麗，樸質而坦白的人物。他們需要愛，追求愛，敢與外界人爲的法律爲敵，即使碰得頭破血流，也在所不惜。而他筆下的那些不可愛的人物往往是不懂得愛，甚至心中根本沒有愛的人。他們工於心計，一切從利害得失出發。後者並不能愛上帝。莫里亞克說：

「我們可以克服肉慾。肉身只是軀體，我們可以不去碰。但是，去愛的是我們的靈魂，被愛的也是靈魂。怎麼能不去愛所愛的呢？我們並不具有三個靈魂：一個管愛，一個管崇拜，第三個管肉慾。」不愛人的人，當然也無法愛上帝。

對莫里亞克來說，一個落在愛的陷阱裏的人，根本失去「理智」這個字。因爲：

「沒有眞正的愛不是瘋狂的。」

而且，在愛情的瘋狂裏，你所有的勸告都是沒有效的。

「你越跟我們嘮叨，說什麼靑春如過眼雲煙，什麼美色易逝，什麼胴體不過是臭皮囊，我們就越渴望緊緊擁抱這胴體，越想以這一小時的擁抱把胴體變爲永恒。」

他又說：「在沒有去愛的時候，你對死不加注意；但是你一旦愛上一個人，你心中一直耿耿於死亡，因爲死亡威脅着你所愛勝過你自己。」

如前面所提，人類靈魂的受難，在靈和肉、自然律和道德律之間的掙扎，就是莫里亞克念念不忘的主題。

但，我們特別要注意的是，莫里亞克並不代表着正義、道德或者上帝，向迷途的羔羊大施鞭撻。相反地，他似乎也屬於迷途羔羊之一，只是對自己的罪孽看得更淸楚，同時不逃避現實而已。他對筆下的人物不但充滿同情而且幾乎可以說，他是站在他們的立場，仰問蒼天！

客串革命家，票友小說家

二十世紀偉大的作家昂德瑞・馬爾侯

我們回顧一下法國的歷史，就會發現，法國文學界與中國的關係可說不絕如縷。第一次中國熱產生於啟蒙時代（l'âge des lumières）伏爾泰、狄德羅、孟德斯鳩等人在作品中都提到中國。其中如伏爾泰（Voltaire 1694-1726）曾根據元人紀君祥的雜劇《冤報冤趙氏孤兒》改編了一齣戲，題爲《中國孤兒》（*L'Orphelin de la Chine*），雖然只是一齣情節戲（mélodrame），對後來的文學家還是產生了相當的影響。後來的作家如雨果、郭節（Théophile Gauthier 1811-1872）、馬拉美等人的作品，不乏提到中國的例子。郭節的一首詩就題爲：chinoiserie（暫譯：《中國風物》）。這一個時期的情況有一個特點，那就是作者總是透過一些前人的作品，如遊記、翻譯等等來發揮自己的想像力。作者本人並沒有和中國有眞正的接觸。但自十九世紀後期，情形有了改變。許多作家和中國發生了實質的關係。

這些作家往往到中國旅行，甚至長時間居留在中國。在這些法國文學家中，我們自然不能不先提到保爾・郭洛岱爾（Paul Claudel 1868-1955），不僅因爲他是法國文學史上的重要詩人，因爲他是第一個踏上中國土地的當代詩人，而且在華居留先後達十四年之久，更因爲他是第一個以特別熱愛的心來看中國的。他來華的時間是一八九五年，在福州和杭州待了五年（一八九五―一九〇〇）。他的《認識東方》中的詩，大部分成於這一段時期。郭洛岱爾對中國的感情，我們也許可以這樣理解：由於詩人對自然，對物質的敏感，使他跳過文化差異的障礙而能直指本相。法國的另一個小說家彼哀・洛地（Pierre Loti 1850-1923）也曾來華，但他的《北京的末日》中，充塞著對中國的排斥。他似乎只看到中國的髒和亂。相反的，郭洛岱爾固然在和中國初接觸時，也免不了有類似的反應，但很快地跨過文化習慣的層次，接受了中國[11]。噶多甫（G. Gadoffre）的下面這一段話，的確是相當中肯的：「《認識東方》的作者，是一個文學的探奇者。他不用武器去征服中國，他用鼻子去嗅，用腳去踹踏，用手杖去敲測，他不斷地以探索者的眼，把不同的形聯繫起來，以聰明的分析力，以他

[11] 介紹郭洛岱爾在華情況的中文文章，近一點的有葛雷的〈克洛岱與法國文壇的中國熱〉武漢大學法國問題研究所：《法國研究》一九八六年第二期，頁一一三―一一八。

肉體強烈的敏感（sensualité violente）去探詢物質。」❷

又比如說，和阿波里奈同時代的詩人維格道・瑟噶蘭（Victor Segalen 1878-1919）於一九〇九年到中國旅行，並在華居留了相當一段時間。他於一九一二年發表了詩作《碑林》（Stèles）。詩中反映出一種東方的神秘色彩。一九一四年在中國的旅途中看到漢墓遺蹟，他回法後，發表了散文詩《繪畫》（*Peintures* 一九一六年出版）。一九二二年出版的小說體散文《瑞內・勒斯》（*René Leys*）要表現的也是中國的神秘和難以理解的奧妙。另外，如散炯・貝埃斯（Saint-John Perse 1887-1975，一九六〇年諾貝爾文學獎）於一九一六年天津事件爆發後赴華，出任法國駐北京公使館秘書，以加強法國外交人員的陣營❸。他在華住到一九二一年才回法。一九一七年張勳復辟事件中，黎元洪逃往日本使館，散炯・貝埃斯應黎的要求，把他的眷屬營救出來❹。緊張的營救行動成功後，散炯・貝埃斯到北郊西北部的一座道觀休假。他的詩作《登高》（Anabase）就是在此兩個半月左右的假期內構思而成

---

❷ 噶多甫這段話見 *Encyclopaedia Universalis* vol. 4, p. 608。噶多甫為英國曼徹斯特大學教授。

❸ 散炯・貝埃斯為阿萊克西・散勒吉的筆名，雖有英文味道，仍應以法式發音中譯較為合理。

❹ 見蔡若明：〈聖瓊・佩斯在中國〉武漢大學法國問題研究所：《法國研究》一九八三年第二期，頁四六。

的❺。一九二〇年，他駕車經張家口到外蒙穿越戈壁沙漠，進行了約一個月的旅行。遊絲綢之路的宿願實現之後的第二年他才離開中國。根據他全集裏的書信集，我們可以看得出，散炯・貝埃斯對中國情況有比較深入的認識，這在當時西方外交家中的確是難得一見的❻。

在這些和中國發生密切關係的法國當代作家中，昂德瑞・馬爾侯（André Malraux 1901-1976）是一個特別引我們矚目的人物。這是因爲他所寫的小說裏，有四部以亞洲爲背景，其中三部和中國有關係，而這三部中又有兩部牽涉到當代中國造成天翻地覆的變化的革命。這兩部小說一是《征服者》，以目擊者的手法，敍述一九二五年，國民黨在廣州發動的，以驅逐歐人爲目標的總罷工事件；另外一本是《人間的條件》，描寫一九二七年上海中共所組織的總工會工人糾察隊和蔣總司令的北伐軍武裝衝突事件，也就是國民黨上海清黨行動之一。

本文原則上圍繞著這兩部小說作一個簡略的探討，並且希望通過我們的探討，澄清一些疑問。

---

❺ 克西諾風（Xenophon）曾以此爲他作品的題目，按 Anabase 源自希臘字。ana 意爲高處，base 意爲 行走。而且此詩是象徵人類史，故譯作〈登高〉。按〈登高〉一九三〇年由 T.S. Eliot 譯爲英文。

❻ 數年前曾翻閱其書信集，依稀記得他憂心忡忡地預言中國會走向獨裁統治的。待查。

馬爾侯是怎樣的一個人物？他和中國有過怎麼樣的關係？他的小說是否符合歷史事實？這一連串的問題，大概是值得我們用一點篇幅來探討的。但馬爾侯是十分複雜的人物。在法國，他就引起了不少的爭議。比如說，從他的出身來看，他初中畢業後，就沒有受正規的學校教育，而竟終於成爲一個世界著名的作家，而且，後來擔任戴高樂政府的文化部長。從他的政治活動來看，他曾長期支持共產黨人的運動對抗法西斯，卻在法國反德鬪爭時，加入戴高樂的麾下，成爲戴高樂政治黨派的創立者之一，歷任被目爲右派政府的重要官職，遂爲法國的知識界劃入「右派」的行列。從他的文化活動上來看，他既是小說家，又是藝術愛好者；他在美學理論上，有豐富的論著，卻不爲正統的美學家或者藝術史家所接納[7]。他是一個無神論者，一個不可知論者[8]，但對基督教藝術有驚人的敏感力。他又是一個冒險家，曾因竊盜高棉歷史古物被判徒刑。他是一個革命派，曾經參與西班牙內戰[9]，而且被目爲參加

---

[7] Georges Duthuit. E. Gombrich, F. H. Taylor, J. C. Sloane, T. Munro A. Gehlen 等美學和藝術史專家都不客氣地批評過他。

[8] agnostique。不可知論者的理論是認爲一切超越經驗的已知條件的，都不能認知，也就是把形而上的條件排除在認知範圍之外。

[9] 見 Hugh Thomas, *The Spanish Civil War*. London: Eyre & Spottiswoode 1961, reissued in Pelican Books, 1968, p. 385。

中國革命鬪爭的英雄；但也有人認爲他故弄玄虛，是一個誇大狂，與中國革命完全沒有關係。

昂德瑞・馬爾侯生於巴黎，出身於一個布爾喬亞家庭，對他自己的童年，諱莫如深。他說：「對自己的童年，我沒有興趣，而且厭惡。」其實，有關自己的身世，他一概不肯多說。我們不知道什麼原因，但有一點是很清楚的，他的一生很不幸。他的祖父死於神秘的斧劈之下，他的父親自殺身亡，他的兩個兄弟死於德軍的集中營。爲他生了兩個兒子，共同生活了五年的情人（Josette Clotis）在火車站失足墜入鐵道被火車截斷雙足不治而死，他的兩個兒子死於汽車車禍……

他自初中畢業後，想入巴黎著名的高中龔道塞（Condorcet）就讀不果，從此就沒有再正式上學。十六歲起在巴黎從事珍本書和藝術書籍的營生。他很快地和當時的一些前衛藝術家如立體派的馬克斯・雅高柏（Max Jacob 1876-1944）、昂德瑞・薩爾蒙（André Salmon 1881-1969）等人交上了朋友，他同時還結識了紀德和重要出版社的圈內人物。他在這一段時間內，開始愛上了東方藝術，經常去「集美美術館」（Musée Guimet）看東方的藝術品，或在館內的圖書室研讀。爲了了解東方，他還去「東方語言學院」學了一點中文。他和中國的關係，是由藝術的愛好引起的。出於不同的動機，他決定和妻子去高棉獵取高棉古蹟的美術品❿。

一九二三年十一月，馬爾侯夫婦和他的一個老同學三人抵西貢，向新發現的高棉邦德阿伊・斯磊古蹟進發⓫，他們在那兒以鋼鋸取得一些石雕，裝了船要運回法國。不幸，當地的法國殖民政府對他們的行動早已有監視。人贓俱獲，馬爾侯被判三年徒刑。幸虧他的妻子到巴黎發動文藝界人士，包括紀德和雅高柏在內，簽名請願。馬爾侯終於獲得減刑，改判爲一年，假釋後立即返法。他在西貢候審期間，和當地的安南人開始頻繁接觸，對法國殖民政府的種種弊端和法國不公平的殖民政策深表憤慨。馬爾侯回法後，就決心很快回到中南半島，要爲被壓迫的安南人而鬪爭。

一九二五年二月馬氏夫婦回到西貢，立即支持當地的「青年安南運動」（即越盟的前身），並在六月份推出一份《印支日報》，猛力攻擊殖民政府，鼓吹安南人和當地法國人應享有同等法律權利。在爲安南人爭權利的同時，《印支日報》還特別著重報導印度和中國民族主義的運動，如甘地的抗英、中國的國民革命等等新聞。《印支日報》的立場和行動自然

❿ 見 Pierre Galante: *Malraux.* Paris: Plon, Paris-Match, et Presse de la Cite, 1971, p.37，據馬爾侯的太太格拉哈說，馬爾侯的想法是把獵取來的藝術品賣給美國人。

⓫ Bandeai Srey同上，頁三九，注❶。此古蹟爲一九一四年法國殖民政府地質隊無意中發現的。

引起殖民政府的嫉視，便通過種種手段，要扼殺這張反對派的報紙。不久，沒有一家印刷廠敢再承印《印支日報》了。馬爾侯於是到香港去購買鉛字，設法自己印刷。馬爾侯到香港正碰上中國廖仲愷被刺事件餘波未了⑫，而第三國際的麥可・鮑羅廷（Michael Borodine 1884–1952）暗啞叱咤不可一世之時⑬，當時有關他的種種傳聞，馬爾侯可能在港時有所耳聞。這對他撰寫《征服者》和《人間的條件》，必然發生影響。

馬爾侯的遠東之行，在他的生命中的確是起決定性作用的。他由馬賽登船赴中南半島途中，曾在前法屬索馬利的首邑吉布地靠岸。使他有機會看到當地居民的悲慘生活和歐洲殖民者的高級住宅的強烈的對比。他到了中南半島之後，一方面使他從書本上得來的知識，在東方的土地上得到校證。同時，他通過地緣關係以及中南半島的中國文化和華僑，對中國有了進一步的了解。

馬爾侯所寫的有關中國的小說體的著作有三本。第一本是《西方的招引》（*La Tenta-*

---

⑫ 廖仲愷於一九二五年八月二十日被刺。

⑬ 有關鮑羅廷在華的活動情況可參閱王健民《中國共產黨史稿》第一編，頁三一，五一—三二四。托洛茨基批評馬爾侯錯誤地把鮑羅廷當作「布爾雪維克理想在中國土地上的活榜樣」。托氏認爲鮑羅廷只是一個見革命勝利便靠攏，一個善於吸收，運用「職業革命家」的聲調和姿態的人物。見 Michel Cazenave (ed.), *L'Herne: André Malraux.* Paris: Editions de l'Herne, 1982, p. 39。

tion de l'Occident)，出版於一九二六年，第二本是《征服者》(*Les Conquérants*)，出版於一九二六年，第三本是《人間的條件》（*La Condition humaine*）出版於一九三三年。

在《西方的招引》內，馬爾侯通過一個在華旅行的法國人「A. D.」和一個在歐洲旅行的中國人「凌」的通信，來討論東西方的文化問題。當然，作者並沒有要在這裏爲我們呈現一個眞正的東方青年。而凌的語言、思考方式等等，也完全是西方式的。馬爾侯不過借這兩個人的口，來表達自己在這一方面的意見。這一本書在馬爾侯的思想歷程裏自有其重要性，但限於篇幅，我們不擬在此討論。在下文，我們把討論的範圍主要限於他兩本在中國問題上引起爭論的小說：《征服者》和《人間的條件》。

首先，我們要看一看，這兩本書寫的是否他親身的經歷。

馬爾侯和中國革命運動的關係，在相當長的一段時間內，曾經是一個傳奇。許多人相信，馬爾侯親身參加了一九二五年的廣東罷工，或者他是一九二七年上海暴動中的英雄人物。之所以造成種種傳奇性的傳聞，他人推波助瀾當然是一個大原因，但根據拉古居的看法，這種形勢的形成馬爾侯本人要負相當的責任。因爲馬爾侯自中南半島返法後，往往有意無意地令人感覺到，他不但去過中國，而且不是泛泛的旅行，甚至也不僅是以記者身份而去的；而且，他表示正在寫的小說《征服者》的手稿中反映了他部分的親身經驗。如果有人窮追猛問，他絕不肯提供任何細節。這個態度在當時也被認爲是可理解的：他在華的活動有「重大的責任」的嘛。至於如有人對他說：「你在中國的土地上戰鬪過……」之類的話，他一貫不以可否置之。有時，他半吞半吐地說一言半語的知心話，有時保持如鉛一般沉重的緘默，有時出於漫不經心，漏了一句口風，如此這般，使好些公認嚴肅頂眞的作家（如Walter Langlois, Janine Mossuz, André Vandegans）寫文章時不知不覺中助長了「玄虛」（mystification）的發展。在這一個問題上陷得最深的是龐畢度教授（就是後來的法國總統）。他估計馬爾侯從一九二三到一九二七年在亞洲待了四年，先在蔣介石下面，後來轉而站在中共那邊戰鬪。（見 Classique Vaubourdolle *Pages choisies d'André Malraux*, p. 3）⓮然而根據他的妻子格拉哈，馬爾侯並不認識鮑羅廷，也沒去過廣東。她說：「莫南（Monin）認識鮑羅廷，他可能給他的朋友［指馬爾侯］描述鮑羅廷的樣子。」⓯

根據拉古居的說法，馬爾侯認得一個年輕記者名叫喬治・馬女(Georges Manue)，馬爾

⓮ 轉引自 Jean Lacouture: *André Malraux, une vie dans le siècle* Paris: Seuil 1973, pp. 112-113。有關認爲馬爾侯曾參加中國革命運動的具體資料還有 Pierre de Boisedeffre, *André Malraux* 7.。édition, Paris: Éditions universitaires 1969, p. 22。書中說馬爾侯夫婦到中國去，見到鮑羅廷，目擊廣澧兩地的暴動。但他們在華扮演什麼角色，則並不清楚。

⓯ 同上，頁六九。Paul Monin 和馬爾侯共同創辦《印支日報》。

侯說服了此人，應把亞洲看作當前最重要的地區，去中國採訪新聞，並爲他寫了一封給汪精衛的介紹信⑯。一九二七年，馬女由中國回來，又和馬爾侯見面，向他敍述自己在上海南京所見種種，也談了他和蔣委員長見面的事。馬爾侯把聽到的資料用在他的小說裏⑰。另外，我們不要忘記，馬爾侯在西貢辦報時，儘量刊登中國國民革命的報導。他的報紙內的新聞電訊，據說常有一字不漏地用在他的小說《征服者》裏⑱。

從我們上面所引用的資料得到的結論，說馬爾侯出版這兩本小說以前未曾去過中國，應該是正確的，也就更談不上他「親身參加」中國革命了。再就小說的故事和人物來看，也和史實大有出入⑲。符合歷史，顯然不是他小說的鵠的。《征服者》出版後二十年，馬爾侯爲小說寫了一個跋，其中有如後的一段話：

---

⑯ 本段資料來源見注⑭。有關給汪精衛的介紹信問題，有一點要說明。汪自一九二五年三月廣州「中山艦事變」後不久（五月）和胡漢民同時出國。他在一九二七年四月才回上海，即使馬女眞的持馬爾侯的介紹信赴華，可能他也不會在華見到汪。

⑰ 同⑭。

⑱ 同⑩，頁六四。

⑲ 省港事件，起於香港延及廣州，自民國十四年六月起，歷時年餘。可參考王健民《中國共產黨史》第一編，頁一七四—一七六。有關上海總工會暴動和蔣總司令清黨，參閱該書頁三〇四—三〇八。

> 本書和歷史的關係是浮面的，這本書之沒有湮沒無聞，並不是因爲書中描繪了中國某一個時期的革命史實，而應歸功於所呈現的一種英雄的典型，他結合了行動的能力、文化和清明等特點。這等等價值和當時的歐洲有着間接的關聯〔……〕⑳

就書中人物的安排，也可以看出來。書中的主要人物都是西洋人，中國的革命，好像全由他們指揮。而書中中國人的反應和看法，是西方式的，甚至連一些對事物的恐怖感覺也是西方式的㉑。同時，人物的個性不鮮明、不突出。

> 從某一個角度來看，所有的人物全是他〔馬爾侯〕的自畫像：在細繪的面具下，我們總能見得出馬爾侯蒼白的，不帶笑意的臉。有時候，人物的臉上裝飾起一把大鬍子，像埃及法老；有時候，給人物加上一大把年紀。年紀或大或小，他們總歸是一個易了容的三十來歲的法國青年才子。他們以同樣的方式說話，談同樣的話題，以同樣的悽

---

⑳ André MALRAUX, *Les Conquérants*, Paris: Bernard Grasset, 1968, pp. 229–230。

㉑ 書中人物之一 Klein 被殺死後，兇手把他的眼皮割下來，使之不能瞑目。這種恐怖感毋寧是西方的。東方式的暴力，大約要把眼睛挖出來。

惶不安的興奮奔向他們的命運。㉒

《中國的革命》，實際上僅是畫在三夾板上的舞臺佈景。馬爾侯只是借用這樣一個宜於暴力、死亡和英雄行動的場景；革命人物，實際上僅是一系列牽線木偶㉓，連小說這個形式，也只是一個合適他需要的架構㉔，通過這些工具，馬爾侯演出他「天問」式的悲劇，面對死亡，他要反擊，他要超越。

誠然，馬爾侯要提出來的問題，正如上引的〈跋〉中所說的，是「歐洲」文化價值的問題。

㉒ Robert PAYNE, *A Portait of André Malraux*, Englewood Cliff, N.J. Prentice Hall Inc. 1970, traduction française par Pierre Rocheron, éditions Buchef／Chastel 1970, p. 111。

㉓ 文學評論家昂德瑞・胡梭說：馬爾侯「小說中」的人物如此的沒有活人味，讀者過眼就忘了。從嘎林到凡尚・貝吉，我只記得一些手持炸彈或者左輪的人的輪廓在那兒談話，以及他們一副形而上的腦袋。見 André ROUSSEAUX, *De Proust à Camus*, Paris: Librairie Académique Perrin, 1965, pp. 302–303。

㉔ 對馬爾侯說，革命和小說都是一些手段，作爲來演出他的悲劇的工具。他一九五二年曾經說過：「我寫小說，但不是小說家。我自小就生活在藝術中。」（André BRINCOURT, *Malraux le malentendu*, Paris: Grasset 1986, p. 51），所以本文用〈客串革命家，票友小說家〉爲題。

歐洲的文化傳統中的人文主義是建立在希臘、羅馬和基督教的基礎上的。粗略地說來，是在這個基礎上給「人」一個定義，一個理想的原型。一個具體的人應該儘量去接近這個原型。這理想的原型人，指的當然是精神的層次，他所矚目注盼的是愛、是正義、是眞理、是美和善。但人除了精神層次，還有一個軀體。我們的軀體的生命莫非是自私、是慾、是權力的追求和弱肉強食。因此，在人類的發展過程中，不免會做出個人或者集體的「錯誤」，不符合人文主義的人的定義。但，這樣的現象被認爲是意外事故。因爲，並非「凡是人的作爲」都可引來作爲人的定義的。人的罪惡，就被認爲非人（inhumain）。在這樣的一個定義下，人就超越了歷史。這種人文主義當然具有濃厚的意識形態的味道（因爲人的定義先於人的存在），同時也帶有強烈的樂觀傾向(因爲相信一種絕對，可以超越歷史的變動不居)。而最重要的，是它給生命一個意義。在這個大前提下，即使是表達某一程度的絕望的作家，如阿納多爾・法朗士（Anatole FRANCE）、梵樂希（Paul VALERY）或者紀德（André GIDE），也都終於要回到人文主義中尋找一些道德或者審美的依據，回到他們這一個大文化裏尋找傳統，只有這樣才能安身立命。試想，這些作家突然面臨一個「非」人的混亂成爲主流的世界，壓迫、戰禍、受苦、暴力等等不再是意外事故，而是大行其道，他們能有什麼作爲呢？只能以人文主義理想的名來拒絕和抗議吧。

這自然是不夠的。

於是，出現了一個新的情況，開始於一九三〇年左右，到第二次大戰初期尤爲壯觀，那就是一羣法國作家，尤以青年作家居多，開始不再遵循人文主義的老路線向環境的壓迫作出反應了。世界既是雜亂無章，在其中橫行的又是粗暴的力和動物本能，人的命運被盲目而且不容逆轉的歷史浪潮所枉曲和撕裂。猛地被扔到這樣的一個世界上，這些作家再也不能而且不願相信，存在這麼樣一個理想的人，相信有精神主宰，有一種人，其生命具有超越的終極目的（finalité），並且保證必能得到幸福和正義。㉕

馬爾侯可以說是第一個喊出這種聲音的作家。

歐洲的三〇年代，當時許多人仍視之爲戰後時期，而馬爾侯卻視之爲戰前；許多人認爲標誌著那個時代的是歐洲、是國際聯盟、是和平、是民主，馬爾侯卻感覺到了戰爭、集中營、暴政……革命。一九二八年出版的《征服者》和當時有代表性的作品竟如此不同。普魯

㉕ Pierre-Henri SIMON, *l'Homme en procès*, Paris: Petite Bibliothèque Payot, 1967, p.9。

斯特（Marcel PROUST）的 *Le Temps retrouvé*, 1927（暫譯：《去日今朝》），郭克多（Jean COCTEAU）的 *Les Enfants terribles*, 1929（暫譯：《任誕少年》），包括昂德瑞・勃赫東（Andr'e BRETON）的 *Nadja*, 1928（暫譯：《娜霞》）都是以當時一般人熟稔的環境作背景的，甚至不出巴黎一地。馬爾侯不但把小說的背景放在傳奇般遙遠的中國，小說中都是些充滿異地風味的人名和地名，充滿暴力和受苦。他把讀者推到一個介乎眞實和想像之間的離奇的大混亂境地。這是因爲他敏銳地預感到，一種新的無名的不安，將如翳雲般遮蔽歐洲的上空。馬爾侯的重要性正在於此。畢恭說：「他的作品在我們的心目中突然高大起來，正因爲我們的現實世界開始相似起他的小說世界。」㉖

馬爾侯的世界是被尼采宣告的上帝已死亡後的世界。被上帝所棄的人，除了向時間，向歷史討生活，是別無他途的。除了宣稱自己是上帝——也就是說，向自己追索價值，以一己的行動來重新賦予生命的意義外，別無他途。

馬爾侯的世界裏的英雄，要把自己不斷地推向死亡的邊緣，時刻面對死亡猙獰的面目，要戰勝死亡……「面對著空無和荒謬，唯一有價值的行動是：付出極大的能量，要永不休止

㉖ Gaëton PICON, *Panorama de la nouvelle littérature française*, Paris: Gallimard 1980, p. 58。

地迎擊『死亡』和『受苦』才能顯示其優越於死亡和受苦。」㉗到了後來，竟要以蹈死來明告死亡，人並不在乎死亡的猙獰面目。

《征服者》裏主要人物有嘎林（Garine，也就是題目所指的征服者），他是一個「純」革命家，有飽羅廷、嘎玲（Gallen）之類的公務員式的布爾雪維克，有甘地式的程岱和恐怖分子洪。這本小說的每一頁幾乎都散發著血腥、死亡、肉刑、受苦的氣息，書中死屍堆疊。參加到這一場血腥的故事裏的，雖各有各的原因和藉口，實際上都掩飾不住深沉的生命的不安。比如說嘎林吧，他對馬克思主義沒有興趣，對第三國際共產黨的紀律深表厭惡，對所倡的「人民大眾」，有的只是帶貴族味的輕視。他說：「我不愛人類，甚至也不愛那些窮人，那些人民大眾，雖然我爲他們而戰鬪。」同時，他鬪爭的目標並不那麼明確。他說：「我並不認爲社會不良好——因而要加以改善什麼的。我只覺其荒謬。」嘎林所追求的其實是權力，有了它，他給自己以行動的可能，也就是有了自由；有了它，他可以給歷史留下一道傷口。嘎林正是馬爾侯用來表達人類的孤獨的象徵。他說：「嘎林代表人類高度的孤獨，而這

㉗ 同上，頁六一。按，馬爾侯是第一個在文學中把荒謬著重提出來的作家，可以說存在主義文學的先驅。這個字第一次出現在《西方的招引》中，他以後的作品實際上沒有脫離這個概念。參閱 Germaine BRÉE et Édouard MOROT-SIR, *Littérature française, t.9. du Surréalisme à l'Empire de la critique*, Paris: Arthaud, 1984. p. 123。

是正統共產黨員所沒有的感覺。」㉘權力的運用，使他能鬆一口氣，解除了什麼痛苦似的。恐怖分子洪則是一個反面的例子，一個被抽去了對死亡有認識的軀體。

> 他唯一從西方學到的，就是生命只能活一回，這是如此強烈地烙在心中，再也無法拔除。然而他完全沒有在心中形成對死亡的恐懼。（他從未充分地理解死亡是怎麼回事；甚至現在，對他來說死亡並不是死，只是來自重創的大痛苦）㉙

而有「生命只能活一回」這麼一點認識，對這樣一個簡單的人來說，也似乎足夠刺激他勇往直前奔向恐怖分子的行動了。

甚至像甘地式的中國人程岱，也困在這很西方式的生與死的不安裏。

> 他（程岱）是一個無神論者，至少自以爲如是；然而，他是如此地陷在生和死的寂寞中不得擺脫啊。㉚

㉘ Pierre-Henri SIMON, *Histoite de la littérature francaise aux XXe siècle* t. 2, p. 135。
㉙ 同⑳，p. 35。
㉚ 同上，p. 91。

《人間的條件》被公認爲馬爾侯的傑作，曾獲得龔固爾文學獎，被目爲標誌了二十世紀的重要的文學著作。在《征服者》裏出現的人物說服力不夠大，而《人間的條件》裏的英雄要鮮活一些。兩本書的主題是相同的，技巧上則相當有差別。我們雖不能說前者完全是單線白描，後者卻的確用了更多的面來烘托，更多的人物反映角度來敘述人面對生命的孤獨，面對死亡的態度。

這本小說的法文題目是 *La Condition humaine*，一般譯爲《人間的條件》。condition 這個字的第一義是：一個活著的人在某特定時間內的情況。由於中文「條件」一向的習慣意義比較狹窄，「人間的條件」也許不是最妥貼的翻譯，我們還是從俗，沿用了。馬爾侯小說的題目顯然源自巴斯噶爾（Pascal）的一則寓言：

> 且想像一羣鎖著鐵鏈的死囚，每日有幾個要在難友面前割喉就刑而死，活下來的那些個又在受刑者的身上看到自己的命運（condition），面面相覷，痛苦而無望地捱著日子。這，就是人的命運（condition）。㉛

㉛ 原出巴斯噶爾的《思想》一書。

和《征服者》一樣，整本書裏充滿著血腥、殺戮和死亡。書一開頭，就是一場行刺場面：恐怖分子「陳」手持匕首，左探右測要刺殺睡在白色蚊帳中的人。這一個希臘神話畫題式的場景，使謀殺具有儀式的味道。小說結束在慘烈的大屠殺之中。小說中的主要人物大都被扔進上海閘北車站火車頭的爐灶之中活活燒死。

和《征服者》一樣，小說中的主要人物全是洋人，被作爲影射周恩來的邱（Kyo）是西洋人和日本人的混血，恐怖分子陳雖是中國人，卻是少年時受過基督教的教育的。

小說裏主要人物可分兩組，這些人物雖出身不同，來源各異，卻似乎都打上了一個共同的印記：寂寞。第一組是邱，卡多夫和陳，是書中主角。第二組是吉梭，費哈爾和格拉比克。

小說開場那一場謀殺之後，馬爾侯用十分象徵的手法表達了人的寂寞情況。邱親自錄製了一張唱片，作爲傳達命令的密碼，不料試聽的時候，卻認不出自己的聲音來。從這裏，他發現從喉頭傳來的聲音，只有自己聽見，別人聽到的是另一個聲音。人與人之間無法有眞正的交通。

「聽別人的聲音用的是耳朵，聽自己的用喉嚨。」生命可不也是這樣，用喉嚨聽自己的生命，別人的呢？……在一切之上的是寂寞。我們這些難逃一死的成千成萬的人啊，這無邊的死亡之後，有著永恒不變的寂寞，就像這濃而低的夜之後，有那原始的永夜［……］「而我呢，對我的喉嚨，對我自己，我又是誰啊？」㉜

這原始的永夜，就是人孤獨地活著，孤獨地死去。書中不同的人物都以各自的方式要擺脫這永夜。陳和卡多夫希望在並肩作戰的戰友身上尋到兄弟般的情誼，他們付出最大的犧牲，以求得到和他人「交通」。眞是有效的嗎？對這一點，馬爾侯似乎蓄意讓答案很曖昧。當卡多夫明知自己要被扔進火車頭灶爐活活燒死，卻把藏在身邊的氰化鉀慨然送給了同志。這英雄的行徑使他感到極深的歡快。但接著，他立刻被押出去行刑。刹那的歡快，價值究竟在哪兒？

恐怖分子陳原來接受一個路德派牧師的教育。牧師把人體看作一種羞恥，把人看作罪，認爲必須下地獄的。陳雖然及時地擺脫了他，地獄的陰影卻從此在他心上再也無法拭除了。馬爾侯這樣的安排，似乎要給陳走上恐怖之路一個心理的基礎。對此，我們總覺得過於簡單了。人的心理的皺折應該更複雜些，而且表達手法也應該有更細緻的佈局，才能使人物活動起來。幸而，陳的恐怖行動本身似乎起著一種加速作用，使讀者信服。陳第一次暗殺得手

㉜ André MALRAUX, *La Condition humaine*, Paris: Gallimard, p. 46。

後，心情極不平靜，但又捉摸不定心中問題所在，就去看他的老師吉梭，談了幾句話後，吉梭很快看出來問題所在了。陳在恐怖行動裏感到一種著迷，他感到從此不能自拔，不再滿足於一個突擊小組成員的聽組織命令的行動。他要獨自行動。另一方面，他也明白，恐怖行動勾引出恐怖行動，自己也注定難逃一死，隨時有喪生的可能(這也是令他著迷的因素之一)。陳最後懷著炸彈行刺蔣總司令座車的一段描寫，大約是全書中最成功、最慘烈的一節：

> 陳的脅下夾著炸彈，懷著感恩的心情。〔……〕那輛福特過去了，汽車到了：是輛很大的美國車，兩旁的踏板上各貼著一個警衛；〔……〕他抓牛奶瓶似地握住炸彈的把兒。將軍的車現在只離他五公尺，巨大無比。他向汽車奔去，感到一種魂飛魄散的歡愉，閉起眼睛，整個身子撲上去。
>
> 幾秒鐘後醒過來：他事先設想骨頭會折裂，他既沒感到，也沒聽到，〔……〕他的右手抓著一塊汽車引擎罩的碎片，帶著泥漿和血。過去幾公尺有一堆不成形的紅色東西，〔……〕他已逐漸看不清面前的東西了。〔……〕他記起來應該去拔左輪。他動手去摸褲子的口袋。口袋沒了，褲子也沒了，腿沒了：只剩下一堆剁細的肉漿。㉝

㉝ 同上，pp. 196-197。

從某一個角度來看，馬爾侯小說中的人物比較單薄，他們在危險和這類慘烈的死亡中，卻特別奪目。每當他們逼近死亡的險境，似乎視覺更敏銳了，血液流動得更快了。他的人物是在死亡中追尋生命的。

屬於第二類的人物，像吉梭和格拉比克……他們也同樣懷著生命的不安，同樣生活在孤獨之中，只是不以冒險犯難的行動來推倒寂寞的高牆。對生活在死亡邊緣的陳，吉梭感到羨慕。因爲他認爲陳生活在一種「絕對」之中。而他自己卻只把恐懼和痛苦淹沒在鴉片煙裏。他之不採取行動，是因爲知道，一切的掙扎均屬徒然。他雖然在書中扮演的是一個被動消極的角色，卻正是一個悲劇的象徵。他在煙榻上一邊搓煙泡，一邊出神，正是一幕強烈的悲劇：

> 在早前，早過去囉……他以前自己也做過英雄的夢。〔……〕跟邱一樣，幾乎出於相同的理由，他想到邱說起的唱片〔……〕他感到自己的意識的禁區被觸犯，特別只屬於他個人的地方被侵犯了。他感到自己被一向不願正視的無人分享的寂寞所包圍，十分惶恐。〔……〕這無邊的寂寞啊！是他對邱的愛也無能解救的。他沒有能藉另外一個人來逃避，他至少懂得自救之道：靠鴉片煙。

抽五個煙泡。多年來，他限制自己只燒五個煙泡，有時難免痛苦〔……〕闔上眼，他一任那不動的巨翅帶他而去，對著自己的孤寂神馳〔……〕[34]

格拉比克曾在北平經營古董生意，其時沒有正當職業和收入，靠給「革命派」供應一點他們所需的東西生活。他在書中扮演一個小丑的角色，說些無意義的好話，不時瞎吹亂編一些故事自娛娛人。他的服飾，像是一種喬裝，他說話的聲調像是一種假音，他的整個生活態度，是對生活的一種否定。他在馬爾侯的悲劇裏扮演小丑，來烘托出悲劇的沉重。而他的本身，實際上就象徵著荒謬：沒有比逐日生活在對生命的否定裏更荒謬了。

馬爾侯的這兩本小說，是中外文學中唯一以二〇年代在廣州和上海發生的這兩個事件爲主題的作品。然而，他的書卻一直沒有引起中國人眞正的注意。據說馬爾侯以法國文化部長的身份到中國去訪問時，中共方面突然發現，馬爾侯的小說竟一本也沒有翻成中文，便緊急動員，連夜翻譯趕印出《人間的條件》，好向國賓交代。這可能是一則花邊新聞，眞實性難以斷定，但是，也不見得就完全是無稽之談。馬爾侯的小說的確不易吸引中國讀者，沒有人去翻譯是很可能的。表面上以歷史爲經緯，而與史實相去甚遠倒並不是大問題，使中國人比

---

34 同上，pp. 57-58。

較難以接受的，有下面的幾個原因。

第一是文字障。馬爾侯這兩本小說的文字極強烈，卻並不好讀。往往帶有驚悸性，使人讀得上氣不接下氣。紀德在他一九三三年四月十日的日記上說：「我從頭到尾把《人間的條件》又唸了一遍。小說在出書前印刷時（按：法國一些出版社有時將出版品未正式出書前，先在自己的出版消息期刊內分期登出）我分期看過，只覺其壅塞蕪雜之至，往往因爲其內容過於濃縮而難以順利看下去。而我第二遍讀時，一氣唸完，覺得清楚極了，發現這本書亂中有序，高明到極點。」不幸的是，許多人沒有耐心讀完第一遍就放棄了。在文化交流中，文字是重要的因素。比如說，巴金的作品之被大量譯爲法文，就因爲他的文字特別清楚易讀好譯。

第二是他的小說的中心問題沒有落在中國文化的敏感點上。歐洲文化中，人與上帝的關係佔一個中心位置。甚至有人認爲在藝術上，尤其是在文學上，凡是沒有達到這一個形而上層次的作品，價值終究不高。杜斯托耶夫斯基《卡拉瑪佐夫兄弟》之被歐洲文化界重視，特別是因爲它觸到了一個形而上的嚴重問題。《征服者》和《人間的條件》過度集中在死和暴力上，是很多中國讀者所不解的。孔子答季路問死時說「未知生，焉知死？」這是耳熟能詳的名言。綜觀《論語》一書，涉及「死」的大約只有十來處，而且其中許多是關於喪禮的。

總之，我們可以肯定，很多中國讀者無法理解陳懷著炸彈衝向汽車時，何以有「魂飛魄散的歡愉」。我們所能理解的死，都是和人間的價值聯繫起來的，死如「有重於泰山」，那麼就可以爲之「慷慨犧牲」，或者「從容就義」。中國文化中對生和死的問題形而上的思索屬於道家的範圍。在中國現代文學中的表現，也暗合道家的自然觀點。我們不妨拈出下面這一段描寫來看看：

> 正當我那只小船上完沙灘時，卻見一隻大船，正擱淺在灘頭激流裏。只見一個水手赤裸著全身向水中跳去，想在水中用肩背之力使船隻活動，可是人一下水後，就卽刻爲激流帶走了。在浪聲哮吼裏尚聽到岸上人沿岸追喊著，水中那一個大約也回答著一些遺囑之類，過一會兒，人便不見了。〔……〕這件事從船上人看來，可太平常了。[35]

這青年水手的死，固然不是什麼可高興的事，但卻也是自然界生生死死的一部分，沒有基督徒的大歡樂和大痛苦，因此也就是很平常的。水手之死這樣淡然寫來，讓人懷疑，這水手也許漂流了一會兒，又會在什麼地方上了岸了，也許呢，就如此死了，兩者之間沒有那麼

㉟《湘行散記》，沈從文文集，第九卷，頁二五一。

劇烈的掙扎：反正都交託給自然了。

我們上面說過，馬爾侯是不可知論者（agnostique），要把人放在上帝空缺出來的地位上，要用向死亡挑戰來超越死亡。我們其實只說了一半。應該補充說，聲嘶力竭地向上帝挑戰，就是因為上帝龐然地存在著[36]：沒有人會向不存在的敵人挑戰的。卡繆借他小說人物的口，說了這麼一段話：

> 啊！老兄，煢然一身，既無上帝又無主子，日子可不好過。所以非得給自己找個主，因為上帝已經不吃香了。〔……〕瞧我們的道德家，多麼嚴肅，他們可熱愛人類呢，說實在話，他們那能和基督徒的心態分家呢，只是不再在教堂裏說教罷了。〔……〕我們的作家中，八九不離十都會高呼、讚頌上帝的名的，只要允許他們不用簽署自己的名。[37]

---

[36] 馬爾侯出身於天主教家庭，他受到基督教的影響是有歷史的背景的。而且，他從來未在公開或私人的場合攻擊基督教。參閱 Joseph HOFFMANN, *L'Humanisme de Malraux*, Paris: Librairie C. Klincksieck, 1963. pp. 92-94。

[37] Albert CAMUS, *OEuvre complète, Théâtre, Récits, Nouvelles*, Paris: Gallimard〔Bibliothèque de la pléiadel〕, 1962, p. 1544.

沒有理解到基督教在歐洲文化中的重要的作用，沒有理解到馬爾侯自己受到基督教何等深刻的影響，就不容易進一步和他這兩本小說起共鳴。我們也可以這麼說：中國的讀者在文化的敏感點上和馬爾侯的敏感點有相當大的距離，因此也就比較不容易被打動。

附記：本文「西方的招引」一詞，意思是西方所受到的誘惑，當時未想到更妥貼的翻譯，也許不很合適。

卡繆——荒謬世界的詮釋者

一

在一九五七年後，幾年之內，極小部份的中國讀者聽到了法國作家卡繆(Albert Camus)這個名字。因爲在這一年，他得到了諾貝爾文學獎。此後，他的一部份作品陸續被轉譯成中文，在報紙上連載過一陣子，甚至似乎也出過單行本。儘管如此，在這極少數的讀者中，許多人的感覺是：一個難以了解的外國人，寫了許多不可思議的作品，敍述一些與忠信孝悌、禮義廉恥、家庭倫理、好人好事，或者始亂終棄、因果報應、邪不勝正等全不相干的事。然而得了諾貝爾文學獎。我在臺灣的報紙副刊上，還看到有人以「論晦澀」爲題，很惋惜卡繆的作品太過晦澀，不足爲訓。

然而，卡繆眞的是那麼晦澀，那麼神秘不可解的嗎？勒貝斯克（Morvan Lebesque）在他的《就卡繆論卡繆》❶一書中說：「談到［他的］文體，卡繆不苦苦經營一種獨特的文體，他的作品與他的新聞報導文字之間，在文體上沒有任何不同。……卡繆寫作是求讀者看得懂，他不故作晦澀，也不有意迎合。的確，我們懂他只有懂得太清楚。」（頁二二）

非但是文學批評家說這種話，歐洲的知識份子可以說很少人沒有讀過卡繆的作品，也不會有人覺得他的作品（除了《西齊弗的神話》外）有何晦澀之處。

那麼，爲什麼中國的讀者甚至知識分子普遍地會有這種感覺？第一、文字經過翻譯的確會產生隔膜，但決不至於把極明顯的意思變成禪宗語錄那樣謎一般的難解。第二、寫中文的介紹文字的作者本身可能並不十分了解卡繆，以致不能完滿達成傳遞消息的任務。但是，這些都是次要的。我想，最大的原因在乎「觀念上的隔絕」。試想，你即使費盡口舌，引經據典向一隻蚊子解釋冰雪，蚊子會懂嗎？同樣的，魚絕對不會了解，爲什麼一隻鳥可以離開水而飛翔；鳥也不懂，爲什麼魚整輩子生活在水底而不會淹死。幸而人不是蚊子，不是魚也不是鳥。人爲的環境，政治因素，傳統文化固然可以把某一羣人變成魚，把另外一羣人變成鳥，把第三羣人變成蚊子，在文化交流與若干傳統叛徒的努力下，這些藩籬都終於會像驕陽

❶ M. LEBESQUE.: *Camus par lui-même*, Paris: Seuil, 1963, p. 22.

下的冰雪般化滅。人，豈是可以永遠被隔離的！

因此，想了解卡繆，我覺得似乎有將西方某一種趨勢在文學上的表現作一個大略介紹的必要。

二

自基督教於公元三世紀站住了腳，一直是西化文明的最大力量。這個力量使歐洲國家一一從野蠻中走向文明。一方面它縝密的理論，解釋了人間幾乎一切不可解的現象。這種種解釋賦給人類的生存以絕對的意義與信心。另一方面，「信仰」使人覺得人短促而渺小的一生只不過是個準備，爲永生準備，爲進入天堂——那裏只有公平、幸福與解脫——的準備。在這個塵世上，他們每走一步路都看到一個指標，指向光明。人的生活有無窮的希望。「死亡」不但不是一個猙獰的形象，反而是一個眞正幸福的起點。

但是新的文明與新的知識帶來了新的問題。西方文明在科學及人文哲學上空前的進步與探險，把一向支持這個文明的力量擠到一個大危機的前面。對某一些人言，過去曾是放諸四海而皆準的聖典，已逐漸地不能解釋若干最重要的現象。人開始不願意接受「信仰」。這個危機在文學上也表現了出來。

近代法國文學走到紀德（Gide）時代已相當淸楚地顯示了這個現象。一方面郭洛岱爾（Claudel）、畢幾（Peguy）經由莫里亞克（François Mauriac）而貝那諾斯（Bernanos）而馬利丹（Jacques Maritain），而馬賽爾（Gabriel Marcel）。他們都是一顆顆不朽的熠熠巨星，以無比堅定、無比深刻而且無比誠懇的信心，繼續地將指向上帝的路標重新油漆過，再度整理，加上新的詮釋、新的意義以適應新的觀念，解釋新的問題，滿足新的需要。另外一條道路則是由「神」走向「人」，發現「人」，經過對「神的否認」，拋棄了一切他們認爲前人用以自我安慰的幻境。他們想通過絕對的絕望，走向一條眞實的新道路。在這條新的大道上，建立起一連串新的指標、新的道德法則與新的人生的意義。這裏，不論是前一條大道或後一條大道，其重心都是在找尋人生的意義。這是應該特別注意的。

上面所說的第二條路，在歐洲的文化，尤其在法國近代文化，是一個極爲重要的探險，但也是必然會走的一條路之一。卽使尼采沒有誕生，卽使尼采誕生而沒有宣佈「神的死亡」，似乎別的人也會爲他執行這個任務。被目爲布爾喬亞最後道德家的紀德，儘管他細膩而且巧飾典雅的文體屬於傳統的有閒階段，畢竟是他特別具體而熱烈地把人提出來。紀德提出了「人」，卻並沒有否定「神」。「神」他是接受的，只是他接受儘管接受，卻把「神」放在一邊。他所歌唱的，是神所創造出來的「人」。他卽使歌唱神，也是因爲祂居然創造出這麼可愛的「人」來。在他的小說《非道德者》（*L'Immoraliste*）裏面，這一點表示得很明白。這部小說出版於一九〇二年，是敍述一個富有的文士新婚不久，發現自己患了嚴重的咯血症。他的愛妻馬瑟麗爲他去祈禱。

就那一天，馬瑟麗去望彌撒。她回來的時候，我才知道她爲我祈禱了。我盯着她，然後用我所能夠的儘可能的溫柔，我對她說：

——不該爲我祈禱，馬瑟麗。

——爲什麼？她說，有點兒不知怎麼辦的樣子。

——我不喜歡各種保護。

你拒絕神的幫助嗎？

——幫助之後，神就有權利要我向他感恩。這造成一種欠恩；我不願意這個。

……

——你光憑自己是好不了的，可憐的朋友。她嘆息着。

——那麼，算我倒霉……

紀德的「人」是要以人自己的力量站起來，不要任何援手。他在《非道德者》及《大地之糧》（*Les Nourritures terrestres*）中奔放地歌唱人：曝曬在陽光下赤裸的肉體，薰風撫摸下的皮膚，抵觸着沙漠上燙熱細沙的赤足，被怒放杏花侵襲的鼻。紀德的「人」驕傲地，但也帶着少許遲疑，去追尋解放與快樂。紀德的「人」昂着頭，攤着手，也許還赤裸着全身，用使長髮飛揚於腦後的速度，跳躍過一切藩籬，奔跑向一個徹底獨立、徹底自由、徹底解放的幸福——官能上的與智慧上的，肉體上的與精神上的。這個「人」仰天說：「上帝呀，你確是高高地住在上面。不過，被限制在大地之上穹蒼之下的人類，其生命本身就擁有足够的意義。」當然，由神走向人，紀德不過是主要的見證之一。

一九二〇年，昂德瑞・布赫東（André Breton）發表了他的《超現實主義宣言》，同時又發行了《超現實主義革命》雜誌。這一個運動是要在一切形式上揚棄了「因襲主義」（conformisme）。以布赫東爲首的超現實主義集團，糾集了一羣好漢：作家有阿哈貢（Aragon）、哀呂阿（Eluard）、蘇波（Soupault）、貝勒（Péret）、阿哈多（Artaud）、苛維爾（Crevel）；畫家有馬克司・恩斯特（Max Ernst）、阿哈普（Arp）、希里哥（Chirico）、達里（Dali）、曼鋭（Man Ray）、米羅（Miro）。自一九二四年到一九二八年是超現實主義的火炬時代。他們提出「自動法」（Automatisme）來創作，換句話說，就是把意識心智的活動暫時懸停，而讓非理性與想像力來創作，以挖掘出被打入下意識裏的眞正的眞實。他們要在「想像力」與「非理性」（irrationnel）中開拓出最大的空間。他們認爲祇有通過這樣打破一切屬於理性的，邏輯的與分析的束縛，自由於一切美學的知識的或道德的先入之見的表現方式，才能達到眞的現實——超現實，以達到人的眞正的「得救」（salut）。爲什麼這是一種得救？因爲，向來當人給「人」這個字下定義，都是以表面的人的理智、人對（社會、世界）的適應能力來作基礎。而超現實主義者認爲眞實的「人」得在下意識裏挖掘出來，而出於理智作用的人對社會與世界的適應，正是人面對世界的投降與奴隸狀況。相對地，產生於這「投降的人」與「奴隸狀況的人」的世界與社會則由許多束縛、禁令與不公平組成的。要求得眞人，要對抗這個社會與世界，唯一的方法就是反叛、指責與揭發。因爲在每一刻每一刻的反叛中，人才擁有勝過人要反叛的對象的力量，在反叛時的刹那間，超現實主義者便有了希望。

這個運動的壽命雖很短，卻在每一方面都留下極大的影響。因爲它把自由與解放推到極致，同時對人的生命與存在採取控訴的態度，使後者得有一個嶄新的天地，才能自由地向各方挖掘。

尼采的「神的訃聞」終於在馬爾侯的作品中得到確定。馬爾侯的世界裏的人物都是些沒有上帝的羔羊。他們面對着一個面目模糊的不安，一種說不出所以然來的悽惶。人，是在「惶惶不可終日」的情形下度日子的。在《皇家大道》（*La Voie royale*）裏，馬爾侯說：「如果沒有上帝，也沒有基督，一個靈魂怎麼辦？」紀德的「人」自始把「神」放在一邊，開始奔跑，開始追求人間的幸福——肉身的與精神的。這個人在馬爾侯的作品中已定下步子睜開眼，發現根本沒有「神」這個東西。「人」發現自己的生存根本是一個悲劇，沒有必要，沒有目的，沒有意義。

一九二七年馬爾侯出版的《人間的條件》(*La Condition humaine*) 得到了法國龔果爾獎，原因就在於他說出那一代的人的無以名狀的惶恐之情。這本小說以中國革命爲題，寫出人類不可救藥的惶恐與寂寞。在書裏，人不但失去上帝，更發現人與人之間絕對的隔膜——不可能了解，不可能交通。父子、夫婦、朋友之間不能互相了解，人對自己何嘗又能眞正了解？人孤獨地活着，人孤獨地死去。而更可悲的是，人是唯一知道自己會要死去的動物，唯一意識到自己無意義，無能爲力的動物。一個孤獨的動物面對着萬丈深淵的死的意識，他怎麼辦？人第一個方法的是逃避性的麻醉。

——永遠得自我麻醉：這個國家〔指中國〕用鴉片，伊斯蘭人用大麻精，西方用女人……也許愛情尤其是西方用以超越其「人的大限制」的手段……

可是這是不夠的。說以上這段話的吉梭（Gisors）在「人間的條件」中是一個老去的，消極的失敗角色。自我痲醉是馬爾侯所不取的。馬爾侯筆下的英雄是要以極度的行動、極度的精力來證明人的自由力量：革命。革命可以使人逃出「所接受的秩序」❷，使人擁有超越生之惶恐的力量。拿生命去作孤注一擲的冒險的時候，人便成了自己的主人，因爲這樣，人不再是坐待死亡來臨的死囚了，而是自己掌握生命的一個主體。他以他作品中的英雄往往都是革命者，懷着炸彈要與汽車同歸於盡的恐怖份子。祇有在這一刻，人創造了自己的價值。

上面所說的這一條大道，可以說是一個嶄新的方向，爲二十世紀和十九世紀的法國文學間劃下一條鮮明的界線。在這裏，讀者們幾乎可以看得到一種與過去成岩層斷裂的現象。今日的文學早不是勸人爲善的說教，不再是賺人眼淚的悲歡離合的故事，不再是描繪一些個性的心理刻劃，不再是紀錄這個或那個社會階層活動的社會小說。今日文學的職志是作人面對上帝、人面對生命、人面對人的一種見證。

文學發展到馬爾侯的時代，一切似乎都已醞釀好，只等一個更清楚的，更確定的，更強

❷ ordre accepte 是指一切已建立的秩序。諸如「天地君親師」等等。

的力量來正正式式地宣佈這一個對過去一切的大否定。

三

阿爾貝・卡繆在一九四〇年左右所寫作的作品，諸如《卡里古拉》（*Caligula*）、《誤會》（*Le Malentendu*）和《異鄉人》（*L'Étranger*）仍不脫其一九三八年出版的《婚禮》（*Noces*）所開的虛無主義道路。在《婚禮》裏面，「人」確認世界是荒謬的，只在感官的奔放中才找到他的幸福。在《卡里古拉》裏，男主角卡里古拉❸因「杜魯西雅」的死，悟到世界是沒有意義的，遂運用其無上的君權在他的王朝上建立了瘋狂，要親手促進這個世界的毀滅。在《誤會》裏，卡繆要表現愛情是「不可避免地」失敗，因爲在這個世界上，「偶然」的因素總是導致不幸。可是，一九四二年，他的《異鄉人》有了新啟廸。卡繆以乾乾的文體冷而俐落地刻劃出人與世界的漠不相關。在《異鄉人》中，主角墨索先生表現出一個人間的「被放逐者」，他與其他的人沒有任何共通的情感，不遵守大家共同的法律，而終於被其他的「人」圍剿。他不是有意地殺了人，他被判死刑，卻不明白爲什麼。這本書是爲了要說明：每一個人都有一段身世；而這身世是「荒謬」的。

❸ 卡里古拉 Caligula（12-41）爲紀元三七到四一年羅馬皇帝，史稱其爲半瘋狂的暴君，被刺而死。

幾個月後，他出版了哲理散文《西齊弗的神話》。卡繆以哲學散文的方式，再進一步闡明他的思想。在這本書裏，「荒謬」仍是主題。而「荒謬人」——換一句話說，就是那些已自覺到宇宙無意義的人——是唯一能接近智慧與幸福的人。對卡繆言，精神進步的起點在於恍然的憬悟，發現整個世界的無意義，發現人生大限根本上的荒謬之處。荒謬既是世界的本質，也是生存的大法則，那麼也會是人類精神的大法則了嗎？不是的，我們至多只能說，世界本身是不合理的。而人心最深處有對理性的要求的呼喊。人，需要自己的生存有意義，需要我們生存於其中的世界有意義。荒謬的正在於此，在於這「客觀世界的不合理」和「主觀的理性需要」的對抗中。因此，人的精神心智和世界法則有一不可銲接的距離。所以卡繆不否認一種「有效的但卻有限度的」理性力量，因爲此種力量於這個沒有道理可言的世界上，給「創造、行動、與人類高潔情操」留了一席之地。由這一點出發，卡繆建立了他的新道德，由虛無主義走向人道主義：當西齊弗推着巨石上山❹，他明白自己所花的力氣不會有勝利的，可是他明白這點之後，他所作的努力的本身就有了價值。這就是勝利了。

《瘟疫》(*La Peste*)——一般被認爲是卡繆重要作品——提供了一個大綱。這本小說所敘的是一個發生鼠疫的城市的故事。在某一種意義說來，是象徵被德國人佔領下的法國，

❹ 參閱易水先生大作：《西齊弗的神話》及《異鄉人》。《歐洲雜誌》第五期，p. 78-93.

可是就廣義上說來，象徵着我們這個微小的星球。在這個星球上，人的「意識」與人類「不幸與寂寞」際遇，在這個世界上，有與「惡」狼狽爲奸的惡人，有在愚蠢而無益的娛樂中找避難所的懦夫（爲藝術而藝術卽其一）；在這裏更有宗教精神（尤其基督教），不是對天意一味消極地信託，而且反對反叛，就是因上帝允許這個世界上痛苦的存在而絕望；幸而，這個世界上同時存在着另外一種人，這人在《瘟疫》裏是赫益爾醫師，他以理性的方法組織羣眾，來對抗災難；幸而有大魯，他努力奮鬪以求自然的不公平不因人爲的社會不公平而更爲可怕。在《瘟疫》中，卡繆描繪着人類爲了幸福而奮戰的努力。人類的大痛苦原因是不可克服的，但人類奮鬪着，終究可以叫這大痛苦稍稍讓幾步；西齊弗的大石頭推上山頭之後終於要落下來，鼠疫的細菌潛伏在一處終究有一天會重返作惡，人奮鬪一生，終究要一無所有地死去，這一切無可奈何的。但我們不在乎！這裏永遠有不停的戰鬪，有勝利，因之也有幸福！西齊弗的幸福在於發現他自己於戰鬪中不是孤獨的。

四

卡繆思想的演變，由虛無主義走向人道主義，在他先後發表的劇本裏也可以看得出來。如果我們以《卡里古拉》與《誤會》的構思時期，而不以其演出時期爲基準，我們可以發覺，這兩齣戲是與他的小說《異鄉人》同時期的；同樣，《戒嚴狀態》與《瘟疫》，《守法者》與《反叛的人》卻是屬於同一層次的。

卡繆從事戲劇的傾向不是偶發的，也不是次要的。二十二歲的時候，他就在阿爾及成立了一個非職業性的劇團——工作劇團。然後，他參加了阿爾及電臺劇團，在戲劇工作中取得劇作的經驗，之後自己又組織了「隊伍劇團」。《卡里古拉》雖然在一九四五年才上演，實際上應在一九三八年或一九三九年就寫好了，比《異鄉人》早兩年。卡繆本身的文體——濃縮、俐落、線條清晰如切——原就很自然地適合於舞臺；他哲學中的焦急味，他提出的問題，他內心的衝突，在在都自發性地產生了內在的悲劇。就戲言戲，他沒有薩特的豐富，浩瀚與新的發現，但相反的，他也沒有薩特的缺點。卡繆不冗長、不會大訴衷情、不會動不動就直着喉嚨喊。且就卡繆所寫的劇本，我們來看一看他思想的演變。

卡里古拉（*Caligula*）

卡里古拉只不過在歷史上排了個名字，而作者卻把他變成一個背負着「大惶恐」的人物。他代表了那些突然憬悟生命的荒謬，向不合理的世界挑戰的人。相傳卡里古拉是紀元三十七年到四十一年的羅馬暴君，一個半神經病的皇帝。卡繆的《卡里古拉》開始時，是這個皇帝由於妹妹兼情婦杜魯西亞的死，而體認到「絕望」。他在野外盲逛了三天三夜之後，回到宮裏，跟他的朋友哀里公要一樣東西：月亮。他不承認自己有神經病。他說：

> 我沒發瘋，甚至可以說，我從來沒有這樣理智過。我突然一下子感覺到一種需要，需要「做」不可能「的事」。萬物的本相似乎令人不能滿足。〔……〕這是我以前所不知道的，我們這樣的世界是不可忍受的世界，所以我需要月亮，或者幸福，或者永生。需要一種東西，一種可能是瘋狂的東西，但是不屬於這個世界的東西。（《卡里古拉》，一幕一景。）

卡里古拉既然是帝王，沒有任何東西可以限制他的權力。他能夠把他的邏輯推到底：找到「不可能」，打翻理智的常規。既然這個世界是荒謬的，不合理的，人的幸福是不存在的，人的生命是不重要的，那麼又有什麼事情值得顧忌的呢？

他運用了帝王的權力，在國度裏創造出一切罪，一切瘋狂。他把有錢的人列一名單，規定他們立遺囑，不將財產傳給他們的子女，而貢獻給國家。然後，再將這批人隨意作一名單，依次一一賜死。他說：

請注意，我們直接搶奪人民的財產，比將間接稅悄悄加到不可不吃的糧食價格上並不見得更不道德些。治國，就是搶奪，誰都明白。只是方式不同而已。我呢，是要坦坦白白地搶奪。……（《卡里古拉》，一幕七景。）

接着，他一步一步把舊秩序搞得天翻地覆。他把這個大臣的兒子，那個貴族的父親處死，他把大臣的舌頭割下來，把貴族的太太送到妓院裏去。他製造饑荒，他創設了一種勳章，專門頒給那些到卡里古拉妓院次數最多的男人，並規定，凡勳章創設後，十二個月內仍未獲勳的，應受放逐或死刑處分。早已被人接受的秩序，在他的世界上完全沒有了。在平常的世界上，有好人與壞人，有正義與罪惡的分別。卡里古拉說：「我的志願就要把這變過來。」

卡繆的目的，顯然不是要塑造一個普通的瘋子。他所要呈現給讀者的，一方面是一個可笑的、荒謬的世界，在那個世界中，全部的人都把許多根本是荒唐的事信以爲眞，以爲世界上果眞「有好人，有壞人，有偉大，有渺小，有正義，有不義。」（舍尼亞說的話。）另一方面，他以卡里古拉作爲一個代表覺醒的人，一個意識到「世界原來是荒謬的」人，通過卡里古拉來否定這個世界。換句話說，卡里古拉是個一隻腳已跨在通向睿智的門限上的人——荒謬人。

可是這個以無限的權力來製造純粹的惡，以求把自己提升到與「殘酷的上帝」平等的地位的人，眞能在他的反抗中得到勝利嗎？沒有。卡里古拉終於發現，他一切努力都落了空。他對着鏡子說：

「實現」不可能「的事」?!我上窮碧落下黃泉，我窮索自我。我挺着手掌，是你，我碰到的是你，永遠是你面對着我，我恨你入骨。我沒有走對路，我毫無結果。……（四幕十四景。）

卡里古拉竭其所能，要反叛這個不合理的存在，而最後終於發現，他挺着雙手，空自乞討一種自由，一種解脫，所得到的，卻只是一個影子，一個作着同樣姿態的影子。他所採取的用以反叛的路線整個是錯誤的。這個徹頭徹尾否定一切的虛無主義者，這個無政府主義者，所遭遇的，可以說是徹頭徹尾的失敗。他唯一積極的一面，是逼着麻木地安於既存秩序的人去思想，去體認自己存在的世界的荒謬。

如果我們光以《卡里古拉》或《異鄉人》來認識卡繆，那麼這個卡繆一定只是一個「絕望大師」。事實上，《卡里古拉》僅是卡繆思想中的第一個階段，一個否定的、煉獄級的階段。

誤會（*Le Malentendu*）

在《誤會》裏，被母親與妹妹謀殺了的「讓」，很顯然地已經超越了《異鄉人》中漠然於一切的「墨爾索」。「讓」不只是一個純粹反叛的角色。

> 一個人需要幸福，不錯，但同時也需要找到他本身的定義。我想尋回我的故鄉，使我所愛的人幸福是會有助於找回我本身的定義……

由這一句話，我們可以看出來，「讓」是一個具有同舟共濟精神的人物，有其肯定的一面。他認爲幸福——或者月亮——不是一切：

> 幸福不是一切，人還有責任。我的責任是找回我的母親和我的故鄉。一個人不可能在

放逐或被遺忘中而仍舊能快樂。一個人不能一輩子做異鄉人。

雖然卡繆的第一個人道主義的人物讓也不免於徹頭徹尾失敗的命運——母親與故鄉都沒有找到，雖然讓的母親對兒子的愛甦醒得太晚，雖然讓的太太馬利亞的愛破碎，雖然馬笪，讓的妹妹的對海浪與太陽的熾熱的夢想永不得實現，並且終於發現對愛的呼喚是可笑的幻想，不過在《誤會》一劇裏，「愛」畢竟還有可能，人畢竟爲幸福，爲愛追求過，嚮往過：讓追尋他的母親、妹妹與故鄉；馬笪追尋她的一望無際的地平線、會吞噬人的太陽、燙腳的沙灘；馬利亞珍惜她丈夫的愛；讓的母親甦醒的親子之情。當然，我們不能忘記，人對幸福的追求，只是出於誤會，以爲世界的確存在着幸福。人終究要被鐵定的「法則」，也就是馬笪最後告訴馬利亞的「秩序」所擊敗的。馬笪說：

> 您要搞清楚囉，不論是生，不論是死，你和我都不會有故鄉，也沒有平安。

因此，心的深處所巴望的，與眞正的事實永無法一致。人之以爲會得到幸福——故鄉、海、陽光、親情——只不過是出於誤會。馬笪終於明白，要克服這個世界上的殘酷，只有兩條路可走：一是把自己的意識完全扼殺，做一個麻木不仁的人；一是捨棄這個「生命」。她說：

……人類的大呼喚，靈魂的大清醒又有什麼好處？向着海，向着愛，我們又何必呼喚：這一切都是輕蔑的譏諷〔……〕向上帝祈禱吧，求求祂把您變成個石頭人。這是祂賜給您的幸福了，這是唯一的眞正的幸福〔……〕。不過，如果您覺得自己以這種方式求得無聲無息的太平過於懦弱了，那麼來吧，來到我們共同的房子裏與我們會合吧……。您瞧，一切都簡單方便。您只要選擇一下，石塊式的愚蠢的幸福，抑或那黏黏的床，我們在那兒等着您來。

這一段結束《誤會》一劇的重要的話，的確是虛無主義的語氣，然而，在卡繆的思想中，這不是最主要的。主要的在於卡繆「對幸福與正義的追求」與「幸福本身」兩者之間所設的關聯，換句話說，由「追求幸福」到發現「幸福本身」根本不存在，使一個人憬悟到「荒謬」。

《誤會》到《戒嚴狀態》，我們可以看到一個新的發展。

戒嚴狀態（*L'État de siège*）

卡繆的《瘟疫》發生在奧杭，《戒嚴狀態》發生在佳地，這兩個城市都是港口。對着海，有海風，有海浪，有陽光：有一點希望。

可是光這「一點希望」並不能夠構成一個活潑而快樂的城市。一個眞正快樂的城市，是由許多有勇氣的市民構成的——勇於向僭奪濫用權力的政權反叛，勇於向假借法律的虛構神話和把人民變成奴隸的政權反抗。在這一點上，《戒嚴狀態》與薩特的《蒼蠅》是極接近的。在《蒼蠅》一劇中，薩特明白指出，只有噤於恐懼的人民才使「萬歲君王」，或者「瘟疫」能夠存在。被瘟疫統治着的佳地城，人人屈服在恐懼之下，瘟疫——一切形式的獨裁政權——能爲所欲爲。可是，《戒嚴狀態》裏的死神供認：

> ……只要有一個人戰勝恐懼，敢於反叛，這機器〔按：指獨裁政府〕就要開始吱格吱格出聲音。我沒說機器就會停住，還早着呢。可是，至少，吱格吱格響着了，往往有時候，果眞終於卡住了。

被維多利亞的愛鼓舞起勇氣的狄兒哥終於挺起胸膛反抗瘟疫。他雖然在鬪爭中死去，沒有關係，他的生命似乎是繼續着，給人帶來美麗與自由。大合唱的歌詞說得好：

> 沒有，「正義」是沒有的，但是「限度」是有的。那些認爲什麼也不用規定的人和那些對什麼都加以規定的人都同樣超過了限度。打開大門，讓風帶着鹽進來洗刷這個城市吧！

人至少在能力所及的範圍內奮鬪，寸土必爭地爲有限的幸福而鬪爭。他的小說《瘟疫》裏的赫益爾醫師明白表示，瘟疫的細菌永遠存在，一有機會就會出來害人，那是永不能根絕的。然而人應該團結起來，爲有限的幸福奮鬪。《戒嚴狀態》中的狄兒哥正是象徵着敢於挺胸脯，面對猙獰的統治者的勇士。

在這兒，卡繆已不再是一個純粹的否定者。他向前走了一大步，跨過了消極的卡里古拉。

守法者（*Les Justes*）

守法者是指那些遵守道德（並非一定是傳統的道德）或宗教法則的人。有人稱卡繆是道德家，也許由此。這個劇本是繼他的《瘟疫》，而又承啟《反叛的人》的作品。

戲劇的時代背景是一九〇五年，發生在俄國大革命的恐怖份子中間。一羣恐怖份子決定，趁大公爵坐馬車經過時，用炸彈行刺，殺死這個他們認爲當時暴政的罪魁。行刺任務由詩人喀里啊勒夫（Kaliayev）執行。

第一次的行刺，一切都十分順利。詩人本可以成功的，但他卻放棄了唾手可得的勝利。因爲馬車上大公爵的身旁坐着兩個小孩子——大公爵的姪子。第二次，行刺終於成功，但刺客旋即被捕入獄。刺客只要供出同謀，他便可以獲赦。喀里啊勒夫卻又兩度加以拒絕：他不願意出賣同志。後來大公爵夫人見他，並以基督的名寬恕了他，詩人又拒絕了她的寬恕：因爲他不相信上帝的存在，同時又要自己一個人負起他行爲的全部責任。他甚至連上帝來分擔也不願意，如果上帝存在的話。在這兒，我們看到幾個極重要的問題。

第一，喀里啊勒夫原是一個貴族知識分子，他之變成革命黨，是出於對正義公道的熱情，出於對他所屬的那一階層——統治階層——的價值觀念的拒絕。他行刺大公爵，是認定後者對當時的暴政有責任。要求得正義，非殺死他不可。但是大公爵的姪子們是無辜者，喀里啊勒夫認爲沒有權利罪及無辜。這想法對嗎？

要搞清楚這一點，我們必得把劇中造成悲劇性衝突的人物仔細分析一下。

喀里啊勒夫的革命的動機何在？對他而言，革命的目的，是在地面上建立起愛與正義，使地面上不再有殺戮。因此，革命對他主要是在乎其精神上的價值。爲了建立起這理想中的世界，殺戮是不能免的，但是爲革命的偉大目標而作的殺戮應有其限度：罪不及無辜。屬於這種類型的，有喀里啊勒夫、多拉（Dora）以及阿能可夫（Annenkov）。另外一種類型是以斯提凡（Stephan）爲代表。他熱愛革命，其動機是強烈的，認爲一個遠大的，崇高的目的，足以使達到此目的的手段合理。因爲，要實現這個目標，代價總是要的。他認爲，在千千萬萬要餓死的俄國小孩相形之下，大公爵的兩個姪子算得了什麼。於喀里啊勒夫第一次行刺失敗後，他質問說：

> 你難道只爲瞬間而活嗎？果眞如此，那麼選擇「慈悲」吧，你就光能頭痛醫頭，腳痛醫腳。

站在斯提凡的立場，他是對的。瞬間的慈善是不能解決大問題的。看到老頭子跌到溪裏去，便立刻扶他到醫院未嘗不是一種慈善；公務員貧病交迫，做官的，送他幾文慰問金，未嘗不是慈善。斯提芬的慈善，是要徹底地把腐爛的政權連根拔除，這才是解決之道。至於爲了去腐，流血是不免的。

可是站在喀里啊勒夫他們的立場，他們也沒錯。他們的立場是：正義的原則是整體的。阿能可夫說：

我們許多兄弟殺身成仁，爲的是叫人明白一點：有些事是不允許的。

多拉也說：

爲了愛人民而允許殺死無辜，不知道這愛還能不能稱作愛。

多拉與喀里啊勒夫認爲不能因爲正義的目的，而先作出不義的事來。喀里啊勒夫說：

我呢，我愛那些今日與我同時生活在同一塊大地上的人〔……〕我之所以掙扎鬪爭着，我願意去死，是爲了他們。至於遙遠的城市，我沒有把握，我不能因它而刮我兄弟的耳光。我不會爲了死的正義而作出活的不義來。

我們可以看得出，卡繆固然沒有抹煞斯提凡，但他的同情似乎是偏向詩人喀里啊勒夫的。借着後者的口，卡繆認爲斯提凡不僅犧牲了現在，更有置未來於危機的可能：

> 我之答應殺人，是爲了推翻專政。可是就你的話後面，我看到另外一種專政，——萬一建立起來的話——會使我變成一個兇手，雖然我原是想成爲一個正義的維護者。

這一段話的確是很重要的。一個人手持炸彈要殺人時，應該知道自己是爲什麼殺人。喀里啊勒夫要刺殺大公爵時，他原是在大地上建立起一個不再有殺戮的世界。可是，萬一他弄錯了，上當了呢？這豈不是危險得很。而，誰也不敢保證，今日被人認爲兇手的希特勒，當他殺人時不以正義的維護者自居？更進一步，卽使他們殺人是爲正義，他們仍不免是罪人。喀里啊勒夫說：

> 我們殺人是爲了建立起一個不再有殺戮的世界！我們接受做罪人，爲的是大地之上終有一天滿是純良者。

第二，如果根據喀里啊勒夫那種屬於巴古寧和普魯東（Proudhon）式的人道主義的無政府主義推演下去，矛盾也是很大的。喀里啊勒夫一方面拒絕冷血的邏輯去創造新的歷史，一方面他又爲歷史而行動；一方面不相信上帝的存在，另一方面他又愛全人類，其愛的範圍之廣只有在天國中才找得到；一方面他殺了大公爵，另一方面，以他對愛的觀念，我們似乎可以懷疑，不是有權打擊大公爵夫人的心，破碎了這一對夫婦的幸福。當他拒絕了大公爵夫人的原諒之後，他把一個警察叫到眼前來，爲的是使自己面前有一個可憎的面目。然而當他進入警察心的深處的時候，發現這個人的心中還是有人性的東西，是喀里啊勒夫所願意愛的地方。

事實上，「守法者」是把革命和正義的衝突提升到良知（conscience）的層次；在那一層次上，只有死才能解決問題。殺人是爲了正義，殺人之後以一死來淨化自己，這就是卡繆的正義之道。就這一點說，卡繆的革命家與薩特的革命家就有着極深的心理上的距離，雖然，在許多地方，這兩位作家幾乎有血姻似的相同點。

由虛無主義，卡繆走到極痛苦的人道主義。就一個純而又純的革命者的立場來看，卡繆的悲劇性，卡繆的慷慨所帶來的只是：以失敗來合理化，以死來淨化他的反叛。

而卡繆給我們的，正是一個美的，詩的，痛苦的人道主義。

在生活和夢之間

——作家尤乃斯柯

楔　子

尤乃斯柯將在今晚抵達臺北。

關於他個人的歷史背景等臺北的文化界已經有了不少的報導。我也看到了部分介紹他文學創作的文字，眞是令人非常高興的事。

就我個人所看到的這些文字來說，我覺得再寫一些補充的意見，還是非常有意義的。尤其是希望能把他的文學觀作一個更爲通俗，更爲提綱挈領的介紹，一定會有益於大家對他的了解。這就是我寫這一篇文字的動機。

根據尤氏自己的看法，郭洛德・波訥華（Claude BONNEFOY）寫的《厄金・尤乃斯柯——在生活和夢之間》❶是一本對他介紹得最詳盡、最深入的訪問記。鑒於時間考慮，我就根據這一本書，作了一個整理，寫成下面的這篇介紹。

由於希望做到通俗化，平易化而不致庸俗化和簡單化，再說在整理的過程中，除了時間急促不容我仔細考慮外，還免不了主觀的取捨因素，本文很可能不夠清楚，不連貫甚或有錯誤的地方，所以本文內的引文都注明原書頁數，供能夠閱讀法文的讀者核對。

他知道了我曾經翻譯過他兩個戲《惡性補習》(*La Leçon*)和《椅子》(*Les Chaises*)，欣然接受我和他面談的要求。不過，波訥華的訪問記已十分詳盡，他要說的話也大致說得差不多了。我的「訪問記」如果有什麼意義的話，主要在於「最近」的目擊見證的價值；此外就是我個人對他在文學上自剖的一些疑竇的澄清。

一、心和腦

法蘭西民族的特點，似乎就在於他們的「知性傾向」，凡事不離邏輯，講究分析。讀一篇法文的議論文，會覺得其文字和思路榫卯緊密，樑椽井然，上下文層層因緣，到了無懈可

---

❶ Claude Bonnefoy: *Eugène IONESCO Entre la vie et le rêve—entretiens avec Claude Bonnefoyil* Paris: Belfond, 1966. 223p. 以下引文所標之數字均指該書之頁數。

擊的地步。呈現的是一種知性架構的建築美。

這種「知性傾向」的特點，表現在文學藝術上有利也有弊。

高度的分析能力和抽象能力使他們的文學和藝術批評特別發達。早期的且不說罷，近期文藝批評思潮，如由布拉格學派的「形式主義」到索需爾（F. de SAUSSURE）的《一般語言學教程》發展出來的「結構主義」就在法國找到了特別適宜的土壤和氣候。清明銳利的批評，當然會爲文學起催生和推波助瀾的作用。

但這樣的批評界未免容易傾向於重視知性的文學家和藝術家，也鼓勵他們傾向於知性的探求吧？粗略地考察一下法國文學批評界所特別推崇的本國當代作家，我們會發覺他們大多是出身於著名學府的高級知識分子。在二十世紀法國文壇呼風喚雨的不是卡繆而是薩特，前者短命夭亡固然是原因之一，但法國文化界被薩特的「知性」所征服恐怕還是主因。

在「知性」的強大壓力下，在知識分子文學家陣營宏大的情況下，經由感性世界去汲取生命（也就是文學的）滋養的渠道似乎越來越細了。創作者對感性的追求，往往趨向捕捉神經末梢的，難以察覺的戰慄。二十世紀後半紀的法國文學和藝術特別予人以形銷骨立，知性架構突出而血肉單薄的遺憾。加上法國教育制度嚴密完備，國土不夠遼闊，所以也就無從像美國那樣可以向南方的荒野招募福克納，在城市的荒野接納瓊・契沃爾（John Cheever）。

法國的文藝像花木儼然、草坪整潔的凡爾賽宮，欠缺的是生命的原始力量。

尤乃斯柯的一段話，很能說出這一種欠缺。當他被問及對法國大詩人梵樂希（P. VALERY）的看法時，他說：

> 梵樂希的作品沒有內在的光芒。他具有的只是一種珠寶金銀巧匠的光芒，嚴峻而冷，一種金鋼石的光芒。（25）

雖然尤乃斯柯受到法國重要哲學家姆尼欸（Emmanuel Mounier）的影響，也不免受到不少前輩文學家的影響，他對法國文學而言仍是一粒遠方飛來的種子，落在本不爲其枝葉而設的土壤，開出一朵規格大不同的花朵。他在這偶然的機緣下，爲法國文學帶來了新血液。他自稱是傾向心的，而不是傾向腦的。他常常把夢直接搬到他的作品裏。他認爲「夢」貌似亂七八糟，雜沓無章，其實是最有連貫性、最誠實的眞實。他說：

> 我的劇作所根據的夢，往往是比較近期的，才能很準確地回想得起來。我是很重視夢的。因爲夢所給我的觀照（vision）比較尖銳，比較更能深入我的內心。做夢就是思

考，且是遠爲深入的思考，遠爲眞誠的思考。因爲做夢的人在折躬自察。夢，是一種冥想，一種收穫。夢是圖象的思考。夢，有時是十分有啟發性的，也是十分殘酷的。……總之，簡單的一句話，我相信夢是一種無障蔽的思考，比清醒狀態的思考更爲清明。（12）

這可以說明他對創作的看法。對他來說，創作不是一種先有內容、思想，後有藝術加工的作業。相反的，每當他思想不連貫，腦中閃過的是一連串彼此關係比較鬆散的形象，他就坐下來寫戲，從事於創作；而每當他自覺腦筋清晰，對自己所認知較有把握的時候，便寫評論或研究的文字。他說：

〔……〕有時候，似乎在我個人微觀宇宙裏發生了地震，土崩瓦解，是一種黑夜的來臨，也許應該說是一種光影錯雜的渾沌世界。就在這情況中，創作發生了，走向一個宏觀宇宙〔……〕（67）

他要從這個渾沌世界裏冒出來，寫着寫着，卻看不清自己寫的是什麼。「〔……〕當我在寫這些劇本的時候，」他說，「甚至剛剛寫完擱下筆的時候，我在理解上還停留在另一個層次，還看不太清楚自己寫的是什麼。」他又說：「這時候，如果有人叫我解釋自己的作品，那我非得再寫出一連串別的形象來解釋〔……〕」

他的夢，有的是飛躍的，喜悅的，光明的；有的卻是滯重的，不安的，一種噩夢。尤乃斯柯的作品，也就有輕快的一面，以及厚重的一面。他的文學是「一種神經衰弱者的表情」。他說：

> 我相信文學就是「精神神經病態（névrose）」，沒有精神神經病態，也就沒有文學。良好的健康是無詩也無文學的，也不能令人有所進步：既然健康了，也就不必要求「更多，更好」了。我們要看的是，這種「精神神經病態」是否提供一種意義，是否具有人類悲劇的代表意義，或者只是一個「個案」？如果只是一個「個案」，當然比較沒意思。如果這種「精神神經病態」具有人類悲劇的代表性（人，可不是「病態的動物」嗎？）具有人類形而上的憂傷無告的代表意義。如果這種病態是一種社會心理學條件的反射，而這些條件是客觀現實的罪過，作家並無責任，那麼，這種病態就值得我們注意，具有極大的意義，必須加以深入的探討。(37)

那麼，他所說的社會心理學條件和人類形而上的憂傷無告，指的是什麼呢？我想，他指的是人類定命（la condition humaine）中兩個層次的問題。一是人面對生命，這是形而上的憂傷無告；一是個人面對集體，指的是社會心理學條件。我們先看一看他對「個人與集體」的想法。

二、個人與集體

站在個人的立場，對抗集體的壓迫，在這一點上，尤乃斯柯從來就沒有含糊過。他出生後第二年來到法國，在法國一個充滿着「個人」的村子裏，度過他的童年。「他的」村莊是這樣的：

> 我記得，在一個非常快樂，非常明亮的清晨，我穿着星期天的盛服，到教堂去。那藍色的天空似乎還在眼前，在天空裏，印着教堂的尖頂。那鐘聲還在耳中回響。上邊是天空，腳下是大地。天地結合成渾然一體。（15）

在「他的」村莊裏，村民首先是一個「個人」，有着「個人」的面目，然後才輪到他的社會「功能」：

每一個人，每一事物都有一個「面目」。宗教有一個面目：是神父；權力有一個面目：是鄉長，是村警。……所有的東西都是人格化的、具體的。（17）

社會功能是看得見的，具體的，而且與個人分開的。比如說罷，那神父的功能是傳教士，而他本人是一個酒鬼，是人人訕笑的。〔……〕同樣的，學校裏的先生名叫格內，他陷在家務糾紛裏，有其個人的煩惱等等，但他又是教我們讀書寫字，歷史地理〔……〕的人。（17）

總之，在那小小的鄉村裏，個人和其社會功能是分開來的。而現在呢，過度膨脹的社會，卻把人「非人化」了。人和其功能合而爲一，人失去了他的個人面目了。他說：「在『集權社會』裏尤爲如此。」❷

❷他說過這樣的話：在我們的談話中，我和你說過，我從來就不認爲極右和左派的集權主義有什麼主要的不同。昨天，在納粹的德國或者在法西斯的意大利，今天在俄國和中國大陸，是同樣的盛大的公眾場合的儀式，千千萬萬人參加的遊行。墨索里尼、斯大林、毛，總是有那麼一個被崇拜的人物，一個偶像，接受大眾狂熱的掌聲。（111）

「……」而我們今天的世界裏，一個「作家」連在夢裏都是「作家」的。他打的是「作家領帶」，娶的是「作家夫人」，交的是「作家朋友」。他被自己的功能所「取消」了，他只成爲一個（使他自己）異化的功能了，他自己則不再存在了。(18)

這就是個人如何在集體裏喪失了自己。這集體固然可以是布爾喬亞式的集體，但尤其是「社會主義」的集體。他說：「斯大林式國家的［使人民］異化（aliénation）比布爾喬亞式的異化可怕千百倍。」他對「集體」的抨擊集中在下面幾點：

一、他特別不信任集體的眞理。一個「意念」一旦受到集體的確認便會因「過度」而轉化爲不眞。這「眞理」會被誇張，會被濫用。

二、集體是不會有罪惡感的，失羈的暴民可以把人吊死而不覺得自己有罪。只有個別的人懂得思索，能捫心自問是不是犯下了罪行。

三、人需要孤獨。人只有在眞正的孤獨中才有眞正的自我，也才能以眞面目對待他人。最令人難以忍受的是被評和他人一起，在這種情況下，人和人擠在一起卻不能交通，只有彼此厭惡。這種情況是一種對人的約束，反而使人與人疏離。當人眞正孤獨時，並不孤獨。

最可怕的孤獨是在眾人中的孤獨，必須不斷地表面周旋於眾人之中（être tout le temps extérieusement avec les autres）卻並不能交通。

對於孤獨的需要，他舉出下面一個具體的例子：

在某些面臨房荒問題的社會主義國家裏，大家感到最受不了的是什麼？那就是好些人共住一個公寓這回事了。這情況製造了危機，煽動了彼此告密的行爲［……］(125)

我們上面說過，尤乃斯柯認爲他自己是屬於「心」的作家，他的作品中固然有一些在創作時是有意識的，卻有更多是在並不十分意識中創作的。在創作上，他強調的是個人。先在個人這一邊，先是個別性，然後才能是普遍性：

我的意思是，戲劇並不是用來闡明既存的東西的。相反的，戲劇是一種探究。通過戲劇，通過這種探究，以達到揭露某一個眞相的目的——眞相往往是叫人受不了的，但是也可能帶給人光芒和安慰。(153)

如果大家對我的戲感到興趣(我至少有那麼一個感覺，他們對我的戲是感到興趣的)，也就證明這「噩夢」不光是我一個人的「噩夢」，是屬於好些人的，是大家都有的吧？看戲的和寫戲的在此尋找共同點，在此互相契識。最個體化的戲其實同時也就是最社會化的。有人大談大眾戲劇、社會戲劇，說什麼作家不應該脫離羣眾，應該爲社會服務啦等等，都是些廢話（TRUISME）。哪一個作家不是這樣的呢？那是自然而然的嘛。那些個理論家、博士大人們老把政權、政府和社會混淆起來，用一種意識形態，用一種道德論來掩蓋眞理。［……］在法國，就有人替這些人說話，給他們立碑，把落後當作前進來幹。［……］眞正的作家能在一己的個體性中找到普遍的眞理，其普遍性遠遠超過一切形式的領導階層和意識形態所強加於人的眞理。（154）

從上面這些話中，我們可以看出來，他對意識形態是何等反對了。他在法國生活到十三歲，才隨父母回到羅馬尼亞。從十三歲到二十六歲，他在羅馬尼亞度過，使他親身經歷了法西斯主義的意識形態勃興的壓迫，也無異給他注射了一針對抗所有意識形態病毒的預防針。但對集體眞理的懷疑，可以說是他稚齡時環境改變就產生了影響的吧？他說：

> 在法國鄉下小學裏，老師告訴我說，法文是我的母語，是世界上最美的語言，法蘭西人民是世界上最英勇的人民，對敵作戰，戰無不勝，只有在以一對十的時候，出了格魯齊（按：GROUCHY，拿破崙手下大將，咸被認爲滑鐵盧潰敗的罪魁）或者出了叛國之將巴申（Achille BAZAINE）的時候才遭敗績。我到了布達佩斯，老師說羅馬尼亞話才是我的母語，世界上最美的語言不是法文而是羅馬尼亞文。羅馬尼亞人民對敵作戰戰無不勝。〔……〕老師說，最優秀的不是法國人，而是羅馬尼亞人，那是比所有的人都要優秀的。幸虧，一年之後我沒有到日本去！（54）

這，就是尤乃斯柯所指的「集體的眞理」的一個最雛形的例子。把「集體的眞理」發揮到極致，發揮到無孔不入地干涉人們的內心生活的，便是意識形態。意識形態是怎麼樣形成的呢？尤乃斯柯認爲，說穿了，意識形態不過是情緒，是激情罷了。他說：

> 在意識形態形成之前，成爲納粹主義、法西斯主義等等……先出現的是情緒。所有的意識形態，包括馬克思主義在內，只是使某些情緒和激情（passions）合理化的手段和口實（alibi）罷了〔……〕我不歡喜「進步」的濫調，也同樣厭惡法西斯的濫

調。我有那麼一個感覺：今天的進步人士，實在有那麼一點像昨天的法西斯好漢。(24)

他又說：

> 人往往被自己的激情牽着鼻子走。拒絕辨清眞僞，只因爲捨不得放開自己的激情。而越是重要的人物倒越容易被自己的激情牽着走，也就越發加強了眞僞不分的嚴重性和渾沌狀態了。薩特就是一個例子。(25)

而這意識形態反過來要一切爲它服務，去控制人類肉體和精神活動，把每一個「個人」消滅，淹沒在沒有面目的「羣體」裏。在某一個意義上說，尤乃斯柯的大部分劇作就是對這種「集體化」的反擊，在他的《犀牛》一劇裏，全城的人都一一變成了犀牛，只剩下主人翁一人不肯屈服。他的《無償殺手》裏，有許多場景是一羣人擠在一堆，像非人格化的機械人似地說着話，互相對望。在《空中飛人》裏，也可以聽得見人們彼此切斷了通路似地，自己和自己切斷了通路似地說着話。這些人的個人面目已經不存在了，他們呈現的只是一個「集體」的面貌。而集體的人雖喋喋不休地說着話，自我既完全喪失，也更談不上彼此有所交通了。波訥華說，這些戲似乎是爲齊克果（KIERKEGAAD）的一句話作了詮釋：最可怕的啞默不是緘口不言，而是說話。

三、人面對生命

作爲一個文學家，「生命」這個問題幾乎可以說是不可避免的。對尤乃斯柯來說，他的文學創作的起點就在於對生命現象的驚訝（我們且不談死對他的威脅吧）。

也許我們每個人都或深或淺地有過這麼一個經驗：忽然間，覺得自己周遭的世界是以前完全沒有見過的，自己好像突然被置於一個陌生的星球裏了。這種感覺可以達到一個相當強烈的程度，持續比較長的時間，但也可能比較溫和，轉瞬卽逝；可能產生空虛迷茫的情緒，也可能激起尖銳的喜悅。這是因人因時而異的，這就是尤乃斯柯所稱的對生命現象的驚訝，也就是他認爲一切「哲學態度的起步」：

面對着我們的宇宙感到驚訝，我相信這就是哲學態度的起步。然後，當然還得支起一個哲學架構。但是，一切知識的起點就在於我們這種驚喜的能力。❸

---

❸ 引自 Claude ABASTADO, *Ionesco*, Paris: Bordas, 1971, p. 279。

對這種驚訝、驚喜的感覺，他最不能忘記的，恐怕是他青少年時的一次經驗吧：

我那時大約十七、八歲，有一天在外省，六月的一個中午，我走在一個小城安靜的街道上。我突然有「周遭世界遠離我而去，但同時又向我擁來的感覺」。也許應該說，周遭世界離我而去，而我則落在另外一個世界上——一個比我從前的世界更屬於我的，大大地遠為光亮的新世界：庭院裏的狗在靠近籬牆的地方向我吠叫，但是狗的吠聲竟突然變得帶有音樂性，鈍鈍的了，像叫搗住了似的；我似乎覺得天空變得十分的稠，而光亮幾乎可掬了，那些房子有着從未有過的燦爛，平常所無的燦爛，確乎是擺脫了它們的慣性。那是一種極難以明確界定的感覺：比較簡單地說，我感到一陣無比的喜悅，我彷彿覺得突然開了竅，悟到了「道」；感到經歷到無比重要的大事。在那一刹那，我有這樣的念頭：「我從此無懼於死亡。」(32)

戲劇是什麼？他的一些戲劇就往往是來表達這一種驚訝與喜悅的。比如說，有人說他的「禿頭女歌手」表達的是人的孤絕，人的不能交通。他絕對否認。他說，「禿頭女歌手」裏面的人物說的固然是一些平常得不能再平常的話，但通過這些話，他們要表達的不是譏諷平庸，不是人與人的隔絕，卻是他自己的驚訝：

> 戲開場的時候，史密斯先生和夫人說：「我們今晚吃了麵包、土豆兒和豬油湯，挺好吃。」在這兒，我要表達的是面對這不平凡的行爲——吃——所感到的驚訝。

當他被問及，他的戲劇是不是「荒謬戲」(absurde)時，他說，他比較喜歡用「insolite」(暫譯爲「不虞之感」)這個字，換一句話說：

> 有時候，我們周遭的世界好像被抽走所有的表情和內涵，看着這個世界，我們好像剛剛誕生到這個世界上來似地，感到一切都不可置信，難以解釋。

在這驚訝狀況下，人終於開始自問：我是誰？我爲什麼存在？

從十七、八歲的「悟」中，他體驗到另外一個世界的存在：一個更爲光明的、更爲眞實的世界。但一閃而逝，此後只能苦苦追憶。人的沉淪就在於此。忘卻那光明的世界，失去了「頓悟」的能力，僵化在習慣裏。這就是我們的「原罪」，那苦苦追憶的光明世界就是我們的「失樂園」、「西方樂土」，甚至是共產主義的天堂。尤乃斯柯說：我的戲劇一部分是泥濘，那就是當我沉淪的時候看到的；另一部分是光芒，那就是我脫離泥濘，飛昇而起時看到的。

但是在他的十七、八歲的「悟」和他日後再三強調的「面對世界的驚訝」之間是怎麼一個關係呢？這是屬於同一個範疇的，而只是程度不同的心理活動呢？抑是兩種完全不同層次的境界呢？這一點他沒有說明。而這，卻是我被逗引起興趣卻得不到答案的疑竇。

尤乃斯柯訪問記

外面下着微雨，十一月的巴黎的天是灰而重的。

我踏進了蒙巴哈納斯大道靠近著名的「圓頂咖啡室」一幢古老建築的大門：尤乃斯柯就住在七樓。看到了「圓頂咖啡室」不由得想起他在這裏接受法蘭西學院院士學位的電視新聞報導，那該是十多年以前的事了，時間過得眞快。

開門的是尤乃斯柯的夫人。那天訂約會的時候她也在場，所以一看見我，她就認出來了，便把我讓進了客廳，一邊說：

「我的丈夫從英國回來的時候，在渡船上扭傷了踝骨，下午和骨科按摩醫生有約，大概幾分鐘之內就會回家的。」

我問起她，尤乃斯柯先生最近有沒有開畫展的計畫？她告訴我說，雖然他不斷的畫一點兒，還做一些石印版畫，目前沒有畫展，同時她拿出一册尤乃斯柯的畫册，是一九六九年由瑞士「斯吉拉」（SKIRA）出版的。我們正在說着話，門鈴忽然間連續、急遽地響起來了，她便站起來說：「是我丈夫回來了。」

「這種獨特的撳門鈴的方式，諒必就是他們之間的秘語之一吧？」我想，不禁微笑了起來，一邊打量這古色古香屬於上一個時代的標準的法國「沙龍」。

一會兒，尤乃斯柯就出現了。他和他夫人那種不拘形式、自然樸實的態度，眞令人有賓至如歸的感覺，是使人非常舒服的。我很快的開始我的訪問。

金：我有幾個簡短的問題，是有關創作的。我先引一段您的話。

有時候當你瞧着你周遭的世界的時候，你有那麼一種感覺，好像你是剛剛誕生到這個世界裏來似的，於是一切都顯得令你驚訝，而且不解了。

我的問題是：您這種在宇宙面前的驚訝感，經常發生，還是斷斷續續發生？你對這個現象，有沒有得到解釋？

尤：這種「面對世界的驚訝感」也就是一種「冥想」，其實應該在我們身上更經常出現才是。那麼，我們也就會更爲幸福一些，更感到心靈的平安的。許多人對自己的存在不感到驚訝，倒令我吃驚了。因爲「存在」這個事實，是我覺得最令人驚訝的，即使「存在」只不過是一種「幻覺」（像一些東方哲學家所說的那樣）。

金：但是，您使用了「有時候」這三個字，換一句話說，這不是一個無時無刻存在的現象。把問題挖得更深一層吧，我再引您的另外一段話：

> 如果我們完全有意地把自己置身於外，當然指的是「存在之外」，或者把自己置身於人們之上來俯視——就像看一場戲，或者像處於另外一個世界來反觀這個世界的活動，那麼我們會發現自己完全不懂這些活動是怎麼回事兒，那些人說的話也空洞而無意義了。

這種感覺，您把它比之於看人跳舞而不聞其聲，卡繆把它比之於看人在緊閉的電話亭裏指手劃腳地打電話。這種感覺，和我在第一個問題裏提出來的「驚訝感」是一回事嗎？

尤：我想是一回事。因爲當我們把自己置身於世界之外的時候，我們還是在「存在之內」，我們會因爲自己在存在之內而楞住了。換一句話說，有兩種存在，一種是驚訝和冥想，一種是吃、喝、睡、拉和政治等等生活的存在。後者是一種消遣，所以一直是有兩種不同的「存在」的，一種存在是對其本身有其意識的存在，另外一種存在則對本身沒有意識。

金：在這種情況下，您是可以有意識地把自己置於「驚訝」狀況的？

尤：我以前是可以的，但是現在慢慢地老下去，越來越難以做到了。因爲我對這個世界習慣了，而這個世界我覺得是一種「陳規慣例」，失去了往昔的「童貞性」。從前這種驚訝感來得更頻繁一些。現在生活成了習慣，生活也就成了陳腔爛調了。因此，我期望着另一種生活，一種落在「神性的表現」裏面的生活，和我現在的習慣了的生活，完全不同的一種生活。

金：您說起「童貞性」和「神性」這兩個詞，更正是我感到特別興趣的問題。因爲我個人曾經有過您十七、八歲體驗到的經驗。你說過：

> 我那時大約十七、八歲，有一天在外省，六月的一個中午，我走在一個小城安靜的街道上。我突然有「周遭世界遠離我而去，但同時又向我擁來的感覺」。也許應該說，周遭世界離我而去，而我則落在另外一個世界上——一個比我從前的世界更屬於我的，大大地遠爲光亮的新世界；庭院裏的狗在靠近籬牆的地方向我吠叫，但是狗的吠聲竟突然變得帶有音樂性，鈍鈍的了，像叫搗住了似的；我似乎覺得天空變得十分的稠，

而光亮幾乎可掬了，那些房子有着從未有過的燦爛，平常所無的燦爛，確乎是擺脫了它們的慣性。那是一種極難以明確界定的感覺；比較簡單地說，我感到一陣無比的喜悅，我彷彿覺得突然開了竅，悟到了「道」；感覺經歷到無比重要的大事。在那一刹那，我有這樣的念頭：「我從此無懼於死亡。」

這是您自己對波訥華所描寫的情景，您一定記得很清楚。但我的經驗是這樣：有一天，我經過一個廣場的時候，我突然感到廣場四週的樹木，不斷的以令人恐怖的速度向夜的天空拔長，天上的雲似乎也在加速的運行着，耳朶裏聽到一種音樂似的聲音，地上的一切蒙上奇異的光芒。那時在一九六三、六四年吧，我剛到法國不久，在心身各方面都受到極大的壓力，所以我當時雖然也跟您一樣感到一種巨大的喜悅，但卻非常害怕。因爲我知道這是相當一段時期的惶恐不安後發生的現象，我認定這種情緒是精神崩潰的前兆。而您呢？雖然您的經驗和我的很像，但您是把自己的感覺認定是回到了失樂園。我希望知道的是您在那個時候，是不是有像我所經驗的這種惶恐不安的情緒？

尤：沒有。我那時有找回失去的天堂的感覺，是因爲我感覺到的不正是天堂嗎？天堂是什麼？是一個童貞的世界，一個剛剛落地嬰兒般的，而且能繼續不斷的嶄新着的世界罷了。

它繼續不斷的令人驚訝！當您落到這種狀態裏的時候，就是等於回到我們世界渾沌初開的時候了。

金：您雖然沒有說「天意」（providence）這個字，但您所說的其實也差不多就是了。這是一種超然存在的狀態吧（étot transcendent）。到達這種境界往往得通過長時間的冥思（imagination），或者一種心靈的大動盪。

尤：我倒是沒有進行冥思，幾乎沒有。不過心靈的大動盪倒是經驗到的，也就是所謂的「靈光一現」的感覺。我跟一些神學家談起我的這次經驗，他們認爲這種狀況接近宗教上的「得救」狀態，是一種自然界的神秘狀況，這裏我想起禪宗的一則故事。據說一個禪宗和尙經過多年的冥思修行之後，除了受到他師父棒打之外一無所得，於是他離開了寺院；他在途中發現腳下一具一具的屍體，他忽然感到靈光大現，說：「大光明！大光明！」眞是驚訝不可解，他不禁大笑起來，覺得宇宙是上天對眾生所演的一場鬧劇。應如是觀。我問我的一個朋友，當世界上有那麼多大屠殺，滅族的屠殺，有肉刑逼供等等事情的發生該怎麼辦呢？他回答說：「笑吧！大笑吧！換句話說就是和天道同遊戲。」

金：謝謝您解開了我的困惑。我還有兩個比較人間性的問題。一個是，您跨在兩個民族、兩個文化中央。做爲一個作家和一個國民，您是不是遭遇到認同的問題？我特別要說明的是，我問這個問題，是因爲對許多海外的中國人，不論他們是主動的，或者是被動的流放者，這個問題都成爲他們最大的兩難問題，甚至可以說是一個噩夢。

尤：我一歲的時候到法國來，法國就是我的國家。我一直在法國生活，當然我也在羅馬尼亞生活了十多年，而羅馬尼亞的自然神秘派所具有的「驚訝感」和我的是一樣的，也就是說，我們之間有一種普遍的認同感，有人感得到，但也有些人感不到。因爲有一些人是絕無這種感覺的，比如說搞政治的人、做生意的人，就是如此。

金：您剛才談到羅馬尼亞，您在那兒的時候正是法西斯勃興的時候。我的第二個問題是，現在還有很多極權主義國家，這些國家裏面，當權者把教化功能視爲文學的唯一定義（我指的是宣揚意識形態的文學）。根據您的看法，是不是人具有一種基本的不可摧毀的元素，也就是索忍尼辛稱之爲良知的東西，這種元素終於會在文學的園地裏得到勝利，您是樂觀呢，還是悲觀呢？

尤：我不懂您所指的樂觀和悲觀的意思是什麼，我是一個現實主義者，如果說人居然會對此無動於衷，我是難以相信的。固然有一些人終其一生是從來沒有感覺的，他們等於沒有活過，但是人終究是生來就有感覺的，原則上應該感覺到這唯一的最基本的問題。

金：您如果對中國文學有所了解的話，能不能請您在這方面表示一點意見？

尤：我沒有什麼了解。我只唸了一些有關老莊的書，我的了解還是很膚淺的，我對東方的哲學家和智者不能多知道一點是一件憾事，我只能從蒙丹尼[1]那裏學到一點，比起能學到的東西要少得多了。

金：謝謝您給了我許多寶貴的時間。

尤：那裏，希望不久能再見到您。

---

[1] Michel Eyquem de Montaigne 是法國古典文學家。

附錄：

我們的心靠得很近

——寫給中華民國

尤乃斯柯 著
金恒杰 譯

我一到臺灣就感到吃驚的是：那兒的人有濃烈的人情味。那些來接我的人如此，後來我在飯館、商店裏遇見的也莫不如此。

臺北完全是現代大首都的派頭，而除了兩三幢新大樓、幾座摩天大廈，可以說不很美。幸而還有別的，那些高高低低五光十彩的招牌把馬路飾成幻境，跟節日似的。在臺灣是不會餓肚皮的，豐饒富足，飯店裏高朋滿座。蛇肉街上的飯館，尤其是風情別具。該歸功於工業和經濟的成就吧，生活在臺灣的中國人所自豪的是高速公路、大汽車、大學校園——美式的。大學生的學習環境的確不錯，高級花園也花團錦簇。

誠然是美式的。這一切都不壞，挺美。不過就我個人的口味來說，似乎過份美利堅化了。幸呢還是不幸，這兒跟其他先進國家一樣，是科技至上了？我被領去參觀新的建設，極新的。這首善之區眞是日新月異。「才五年前，還完全不是這個樣兒的呢。」人說。進步的力量是擋不住的啊。

這兒的年輕人對自己的文化卻如此漠然，眞叫以文學爲職志的我十分驚訝了。二次大戰前的歐洲人有那麼一個夢想，就是要讓「現代」沐浴在遠東哲人、睿智和文化的活泉之中。

而我發現，這些青年人，而經常是不那麼年輕的青年人對佛學是一竅不通的，還得我這福緣淺薄的歐洲人解釋給他們聽呢。對中國的偉大思想家，他們知道得似乎也不多。

遠東的一些國家被馬克思主義者佔領了，本土遠爲優秀的思想受到了損害：而臺灣呢，卻美利堅化了。美利堅化比起馬克思主義化要好些，不過呢，總覺得有一點過份了。

沒有哲學文學的國度是產生不出完整的人的。因爲文學和藝術絕不是奢侈品，而是極爲深切的必需，不可或缺的。

在臺灣，吃的東西有的是，不光是白米飯，還有肉類，而且——使我大吃一驚的——還有蛇。民以食爲天，誠然；但也並非口腹實就萬事足了。把歐洲拖進今天精神絕境的，就是西方的科技。我此次來臺參觀了不少廟宇，也參觀了故宮。在故宮，我欣賞了十七和十八世紀的繪畫，而我所看到的只是中華民國寶藏的四十分之一（故宮因此每個月要將收藏品分批展出）。可惜的是，如果不把遊客計算在內，參觀的人太少了。

臺灣對法語的隔膜也是件憾事。法語和法國文學是唯一能把法國傳統和精神結晶鮮活保留下來的工具。法國固然未必能爲中國提供一碗米飯，而美國人所能提供的卻只是一碗米飯。

今天的臺灣當然也不乏「士者」，但是和以科技爲生的人比起來，「士」的數目未免太小了。

不過，傳統文化中倒有一支至今不絕的香火：舉世聞名的平劇幸而還保持着未曾「現代」的純淨。我看了兩齣戲，色彩眩麗，富節奏感，美極了。觀賞之前，有人給我解釋了平劇所特有的象徵意義，也給我解釋了平劇的藝術手法。那是同時具有悲劇性、繪畫性和娛樂性的。培養一個唱做俱佳的平劇演員，得從幼童開始，就像西方歌劇之「鼠」（譯按：從小就受歌劇院培養的兒童舞者，擔任龍套角色），差不多八歲的時候就開始訓練了，十八歲才出師。他們還得練武藝。學校自有舞臺，孩子們都得住校。我看到兩三百個男女兒童做柔軟操。他們是我平生所見到的最美的孩子。

我所遺憾的是這次臺灣之旅沒有看到中國傳統的農村，不過我希望下一次來的時候再看。

我也叩訪過幾所廟宇，多多少少在高樓大廈挾持之下的。跟基督徒的「廟宇」裏所見到的一樣，這兒有香、有還願的牲果、有跪拜、有神像，說明了表面何等不同的宗教，都是接受同一個源頭的灌溉。

這人與人普通的共性是將來人類和睦相處的保證，是全球友愛的保證。

我愛中國人的歡樂性格，愛中國人的謙恭有禮。我愛他們的好客。

我感到他們跟我的心靠得很近。

一九八二年五月七日

尤乃斯柯寫給中華民國

讓・阿諾伊

讓・阿諾依（Jean ANOUILH 1910-1987）無疑是法國當代最偉大的劇作家之一。

阿諾依於一九一〇年六月二十三日，在法國格依岩州(Guyenne)波爾多（Bordeaux）城出生。父親是個裁縫，母親是玩小提琴的。我們只知道他在當地讀畢中小學，在法學院待了一年半之後，就在一家廣告公司做事，過了兩年又擔任演員汝外（Jouvet）的秘書，不久離職，開始他的戲劇生涯。我說阿諾依是神秘人物，就因爲沒有一個人知道他的身世，他自己也絕口不談。批評家雨貝・紀紐（Hubert Gignoux）在撰寫一本研究他的戲劇的著作時，曾給了他一信，希望蒐集一點有關他身世的資料。阿諾依回信說：「我沒有生平傳略，我很欣慰……」就阿諾依的作品內容，我們敢說他在年輕時期一定受過長期的沉重的打擊。他的第一本戲劇《黃鼠狼》是在一九三一年寫成的，時年僅二十一歲。就在這本劇本裏，我們已看得出他不幸的青年時代。在他此後接連出版的作品中，更充滿了生的迫害、愛的不可能以及人類的愚蠢……一片幻滅的愁雲，掩蓋了他作品的全部。即使在最輕鬆的戲劇裏，理想的破碎聲也會冷不提防從一個黑暗角落裏蹦出來。關於他如何致力於戲劇，我們知道得也不多。阿諾依在八、九歲時就對戲劇發生了極大的興趣。這時他的母親受僱於阿加香（Arcachon）的一個夜總會，他遂能看了不少的小型歌劇。在十二歲時，他寫了幾篇沒有完成的詩劇。在十六歲他模仿巴達耶❶的作品，寫了《煙囪上的女人》。到了巴黎之後，他經常到林林總總的劇院去，一方面研究蕭伯納、郭洛德爾❷、畢朗德洛❸的作品。然而眞正使他以戲劇爲終身職業的還是歸功於紀侯杜的啟發。那是一九二八年的一個晚上，他在香榭麗色劇院看畢紀侯杜的名劇《色非瑞》❹出來後才猛然有感，找到了在黑暗中摸索許久的途徑。這便是他新創

---

❶ Bataille, Henry（1872-1922）法國劇作家，作品有 *Marche nuptiale*, *La Femme nue* 等。

❷ Claudel, Paul（1868-1955）是法國近代有名的作家。他又是外交家，曾出使中國多年，他是一個詩人，作品有*Cinq Grandes Odes* 他的劇本也很負盛名，是天主教作家，重要的作品有 *L'Otage*, *L'Annonce faite à Marie*, *Le Soulier de satin*。

❸ Pirandello, Luigi（1867-1936）意大利劇作家兼小說家。曾獲一九三四年的諾貝爾獎。他的主要作品——*Cosi è《Sevipare》*, *Enrico IV*, *Sei Personaggi in cerca d'autore*, 1921——均顯示人類的不能掌握自己的人格。

❹ Siegfried，是德國 Nibelungenlied 的英雄。Wagner 曾以此故事爲題形成他的 *L'Anneau du Nibelung*（Tétralogie）中的第三部分。Giraudoux（1882-1944）也以此故事爲題作劇本：*Siegfried et le Limousin*。

的文體——一種通俗但富詩意的文體。馬里福❺與馬色❻的作品是他讀了又讀的，可是，他們的時代究竟有點久遠，那是屬於使用典雅翩翩的辭藻的時代，現代人不會感到滿足的。他突然憬悟到文體產生於「書寫法文」與「口語法文」的平衡。他糅合了口語俚俗的生動活力與書寫文字的詩情典雅，使他劇中的人物深沉不失之做作。誠然，阿諾依在思想上不附麗於任何流派，也沒有獨創一幟，生活在這個產生存在主義的時代裏，阿諾依走的是別一條路。他不像薩特(Sartre)那一夥人一樣正面地撕破他們目為世人用以自欺的甜蜜的流言，使人類面對人生的荒謬、無意義，面對着空無。他用的是冷嘲。他劇中的人物大致可以分為兩種：第一種是接受的人。他們接受傳統的信念，接受社會，接受生治。他們被別人壓榨，一面去壓榨別人，且視為當然。他們活在人為的法律與習慣中，久之而不覺其違背自然的法則。代表這一類的人是《安娣岡》(Antigone)一劇中的克里昂(Créon)❼。克里昂為了盡其國王的責任，命令將波里尼斯(Polynice)的屍首曝於街衢，凡欲收屍者死。安娣岡卻違背

❺ Marivaux (1688–1763) 法國古典劇作家，以其心理分析及對感情微妙處之描寫，被視為法國文學之重鎮。

❻ MARCEL Gabriel (1889–1973) 法國劇作家，被視為易卜生之後繼者。

❼ Créon 是希臘 Thèbes 國皇后 Jocaste 的兄弟。其甥 Œdipe 發現自己弒父娶母，悔恨而自挖雙目，自我放逐。Créon 遂為國王，他因 Antigone 違背命令，堅持要為她受刑的哥哥 Polynice 收屍將她處死。

舅舅克里昂的命令一定要爲她的哥哥埋屍，遂被判死刑。但是克里昂愛安娣岡，視如己出，勸她不要頑固己見，則可以免其死。他說：「我是兩隻腳踏實地……我既然是國王，我就下決心……下決心維持秩序，儘可能使這個天下不十分荒謬。這不是什麼有趣的探幽冒險事業，而是日常的工作，這工作並不是天天有趣的，就像其他的職業一樣。既然我做一樁事，我就得這麼做呀……」克里昂是波里尼斯的舅舅，他何嘗願意將外甥的屍首長曝街衢呢？但爲了他的職業（皇帝），他不得不爾，他認爲這是當然之事。這一類人往往是老年人，他們對生命不再有什麼要求，長年浸在生活的等因奉此之中，不再有夢想，依照着俗成的方式打發日子。第二類人是要求嚴格的人。他們永遠不停地追求生命的眞善美的境界：眞的愛情、最純的生命與理想。爲了這一切，他們拒絕糊裏糊塗的活，或者馬馬虎虎的愛。根據阿諾依，安娣岡埋她哥哥的屍首主要的原因並不是手足之情，而是她要求純的生命。因爲這樣地死去是最完美的一個形式，她怕繼續活下去的生活不是她理想的生活。她是厄蒙（Hémon 克里昂之子）的未婚妻，爲了求得「純」，她犧牲了愛。因爲「純」的致命傷就是習慣，而生命就是時間，時間就是習慣。她選擇死，因爲（她說）：「……如果，當我臉色變蒼白的時候「厄蒙」的臉色不再變蒼白；如果，當我遲到五分鐘的時候他不再擔心我死了；如果，當他不知道我爲什麼笑的時候，他不再關心，也不再感到孤獨，反而討厭我……」因此，她情願死而不願意她與厄蒙的愛敗壞變質。這些阿諾依筆下的血熱如沸的青年，都托着一顆滾燙的心巴望這個世界，巴望人生的意義、純的愛、完美的理想，還有巴望着忠貞與堅定。可是，不幸他們都是些目光清楚的人，知道現實是殘酷的，一切美好的，善良的，圓滿的都得在現實下粉碎。理想與現實的傾軋，產生了繽紛的主題，使阿諾依劇中的人物或逃避，或自願地選擇了死，或拒絕一切。

第一主題：貧窮。劇本：《野生者》(*La Sauvage*)

理想的生活是怎麼的？一個人應該有點活命的錢之外，還應該有點錢來培養他的慷慨、善良與純潔。當每一個同學都與女朋友去度週末的時候，不能就讓他一個人躲在屋子裏用功，只是因爲他窮得看不起電影，沒有一套像樣的衣服。可是現實是怎麼的？他許多的劇本中的人物都是一輩子受貧窮的迫害。貧窮的壓力扭曲了他們的人形；爲了錢，他們殺人，變相地出賣兒女，喪失廉恥。老年人受了貧窮的壓迫，慢慢地喪失了自己，他們貪婪、卑劣、渺小。他們理想越來越少，感情越來越淡。青年人眼見自己埋在一堆泥裏，是注定沒有辦法掙出來的，然而心中盼望幸福追求理想的餘火未燼，還想追求不是利害關係的愛，純淨的生活。因此，他們心中的掙扎更爲激烈，痛苦更甚。貧窮的調子在他各劇本中或明或暗或重或輕地出現，最明顯的要算《野生者》。

戴麗絲（Thérèse）是個毫未受過人愛或保護過的少女，可憐得就像一隻野生的老鼠。她的父母是酒吧間低級樂隊的樂師。他們倆貧窮、潦倒，卑劣又可憐。在戴麗絲稍稍長大略具姿色時，她的雙親就想拿她去換錢。在她的生命中，只有恥辱、被剝奪蹂躪。她長年受貧困折磨的雙親只會奏些半死不活的酒吧音樂，在貧窮中逐漸喪失了一切「人」應該有的「人味」。他們貪婪、精神羸弱、得過且過地打發着日子。劇本開場時，戴麗絲正與一個富有的音樂家福祿杭（Florent）相愛，她的父親見有金龜婿上門自然百般高興。她的母親一方面固然想錢，但由於眼見自己有十三年歷史的情夫郭斯達——樂隊裏的鋼琴手——對她膩了胃口，正愛上了她的女兒，所以爲了抓住她的情夫又決心以女兒爲祭品。十三年來，她的父親對太太的行爲不敢稍作干涉。爲了維持顏面，時常說：「我們是藝術家，藝術家的行爲是不能以常理規範的。」只有戴麗絲最慘。她看得淸楚，自己知道這一家是爬不出這個「坑」的，因爲他們不是懷才不遇，他們中沒有一個人有絲毫的才氣。

再說戴麗絲的情人福祿杭，是一個強烈而且也是令人痛心的對照。他是音樂的天才，是一個大師。他輕輕易易地成功、富有，輕輕易易地過着安逸美滿的生活。他富有而善良，從不知邪惡、貪婪、妒忌是什麼。就像陀斯朶也夫斯基筆下的白癡，他的心從未沾染過黑污，所以也不知道黑汚是什麼。他對戴麗絲父母的貪婪、低級也沒有感覺。戴麗絲爲了故意叫他明白她是何等家庭裏的人物，故意把父親叫去住在福祿杭家。她的父親乘機大吃大喝，偸美酒好煙，不時伸手要錢，然而福祿杭毫不以爲忤。因爲他心潔如雪（這是阿諾依理想中的一部分)。福祿杭有一個老而溫暖的家、慈祥的母親、天眞的妹妹。像這樣的一個人，愛上了戴麗絲，要娶她；同時，她又愛他,眞正的愛,不是爲他的漂亮、瀟灑、錢，也不是爲他的才。光明的尾巴似乎呼之欲出了。但且慢，阿諾依的戴麗絲是野生的鼠，牠過慣了野地黑暗的洞窟生活，不能不怕這光明的大團圓。在準備結婚這段時間內，她與福祿杭一家住在一起，她故意把貪錢的父親叫到身邊，讓他的卑劣來刺激福祿杭，她故意在她父親及福祿杭面前嘶啞着喉嚨向福祿杭訴說，她如何在九歲的時候就被一個老漢強姦，十四歲的時候跟一個見過一面的男孩睡覺，如何墮胎，如何「……獨自一個人在地上爬着，流血不止！」這些骯髒而悲慘的過去都沒有把他嚇倒，他倒反而因爲她的不幸而更愛她。她呢！何嘗不想幸福？然而這些過去，如蛆附骨使她不得安心地接受他。她要他明白她眞正的自我後才願意眞正地被馴養，如一隻狼被馴爲犬。當她哭泣着，眞正向福祿杭投降，趕走了父親時安心地接受福祿杭時，終究她發現她永遠不能與他結合。福祿杭是一個沒有打過仗的勝利者，他不懂得貧窮，不知失敗者的怨毒與妒忌。這兩個人屬於兩個世界，永遠不可能交通。她在穿上白紗的禮服要去行禮時悄然出走。卽使愛，沒有利害關係的愛，也打不破貧窮築起的藩籬！

第二個主題：愛的不可能。劇本：《娥里蒂絲與奧飛》(*Eurydice et Orphée*)

阿諾依肯定：愛情是不可能的。卽使沒有貧富的藩籬，愛情仍然是無望的。在此，似乎有把阿諾依對愛情的探索闡述一下的必要。我們說過，阿諾依劇中的主要人物都是些青年。他們對人生、對愛情都有極苛刻的要求。由於要求高，所以難能有滿足的時候。因爲理想雖美，卻不是這個凡人的世界供養得起的。阿諾依理想的愛是什麼？那是無條件的，純粹的愛，凌駕於一切人性的弱點。雙方只有此一次愛，沒有過去的，也沒有將來的別一次。然而人在盲目的追求中，或因金錢，或因虛榮，或因輕浮，使自己喪失了眞正相愛資格。法國式的生活，至少巴黎生活影響阿諾依至鉅，也就是他們對愛的放任的追求，使他的理想更成爲不可能。一對青年三天兩頭就愛上了，上了床，分手，他們像翩翩蝴蝶似地享受著他們所謂的愛，一面又感到不滿足。這樣一次復一次的，往事一次復一次地使他們沾了一身泥，愛的眞面目（阿諾依心目中至情的愛）便再也不可能的了。有朝一日，他們在這個不可能有眞愛的世界上，突然發現有一份眞正的愛，這時候，一切都太晚了。這正是爲什麼阿諾依劇中的戴麗絲一定會離開福祿杭；還有，娥里蒂絲一定會離開奧飛。

《娥里蒂絲與奧飛》是阿諾依借希臘神話的屍來還法國不幸青年的魂的作品。在希臘神話裏，奧飛是特拉斯(Thrace)的王子，他的母親是一個繆司。他是神話中最偉大的音樂家。當他奏起音樂來的時候，森林裏的野獸都會失去兇性，來俯伏在他的腳下。他的愛妻娥里蒂絲在他們結婚當日被毒蛇咬傷，毒發身死。爲了找她回來，奧飛親下地獄爲她求情。地獄諸神被他悲涼的音樂感動，答應奧飛帶妻子回家，但有一個條件：他在前引他妻子回陽間時，未出陰府不得回頭看她。但他終於忍不住回頭看了她一眼。看了這最後一眼，他被宙斯大神雷火殛死。阿諾依筆下的奧飛不再是王子，而是個落魄音樂家的兒子。他跟著他的父親，在咖啡館的沿街露天座位間演奏音樂，過著流浪樂師的生活。別以爲這種生活挺美的！他的父親一直沒有忘記想去吃一頓像樣的「客飯」。這客飯彷彿是他父親希望的全部。生活在貧困中，奧飛並不絕望，這是他強的地方。他與福祿杭不同。福祿杭有天才，且有毫無挫折經驗者安詳的懵懂。福祿杭像一朵幸運的白蓮花，浮在污水面上，毫無條件地享受陽光，他不「知」水面底下的骯髒污黑的世界。他是淺淺地活著。相反，奧飛有天才，卻深深地浸在污水底下，他「知道」，他也「懂得」。他活在貧窮與悲慘中，卻時刻想向上浮。再說娥里蒂絲吧。阿諾依筆下的娥里蒂絲也不再是林中仙子，而是一個三、四流喜劇團中的角色。她跟著她的母親，隨著劇團到處流浪著。她的母親從不去關心她。所操心的只是如何重新獲得她情夫的歡心，長日以幻想的勝利自慰，與其他許多行將老去的人一樣，正在精神墮落中。娥里蒂絲與阿諾依劇中主要的青年人一樣，理想熱烈，要求很高。她在劇團生活中從一個車站流浪到另一個車站，當她終於到了目的地，也就是說當她終於找到了她眞正的愛情，她卻發現，愛原來是不可能的，因爲在她一站一站流浪的過程中，滿身都沾上「塵土」。她對愛情熱烈且苛刻的要求的個性，不容許她接受這一份眞的愛。在第一幕中，娥里蒂絲遠處聽見奧飛的提琴已有所動，接著他們在車站的一個小點心舖相遇。在此可證明了阿諾依的戲劇化場面安排的高度技巧。他們經過短短一段談話後，娥里蒂絲向奧飛說出如下的一段話：「〔……〕向我發誓，馬上、認眞地發誓，而不是爲了討我的歡心，發誓你再不會覺得其他的女人是美的。〔……〕」再發展下去，阿諾依特有的「過去的重擔」又出來了。

奧飛：他做妳的情夫很久了嗎？

娥里蒂絲：我記不起了。大概六個月吧。我從來沒有愛過他。

奧飛：既不愛他，那又是爲什麼？

娥里蒂絲：爲什麼？哼！別問下去了。當彼此還不夠認識，當彼此還不是完全了解，總而言之，問題是刺人的利刄。

奧飛：我要知道。爲什麼？

娥里蒂絲：爲什麼？好吧，他很慘，我活得不耐煩。我孤零零一個，他愛我。

當奧飛這樣向她追問，娥里蒂絲只有兩條路可走。她可以向奧飛撒謊；這樣奧飛便不會妒忌，也不致玷汚了奧飛在自己心中塑造的娥里蒂絲的形像。然而如此一來，娥里蒂絲會感到她所得到的愛不是奧飛對眞正的她的愛，而是建築在偶然發生的愛的欺騙上的一種感情。她便等於背叛了自己「絕對愛情」的信念了。她也可以向奧飛傾訴一切，毫不隱瞞，則她有失去他的可能。卽使奧飛仍不離開她，他們的幸福也會被這一頁一頁的過去細磨慢碾地腐蝕掉，這就更可怕了。奧飛說：「〔愛情〕太難了。所有以前認識過你的人都纏繞著你，所有接觸過你的手都還攀在你的身上。所有你說過的話都仍掛在你的唇上〔……〕。」生命就是恥辱的累積，走錯一步便不能回頭。人不能遺忘，不能原諒，也不能變成另一個新的人。因此，娥里蒂絲的出路只有一條，那便是死。她終於知道，她與奧飛的愛是絕望的，便悄悄地離開了他。當她橫過街道時被汽車輾死。阿諾依血淋淋的筆並不肯就此罷休，他跟著希臘神話的故事，使奧飛與娥里蒂絲的幽魂在第四幕同時出現在場上——開幕時的鄉下車站的月臺上。他在那裏與娥里蒂絲相會，但有一個條件，天明以前他不可以看她一眼，否則他便永遠失去了她。他們背對著背坐在長椅上，不停地對話。終於奧飛說：「等到天明太久了。等著老去太長了。」

娥里蒂絲：「哎！請你不要轉身，親愛的，不要瞧我……何苦呢？讓我活命罷。……」

奧飛：「活命，活命！跟你媽和你媽媽的情夫一樣活下去，也許帶著點溫柔、微笑、縱容、吃大餐然後性交。萬事大吉。啊，不！我太愛你了，所以不想活。」

奧飛轉過頭，看她一眼，也便永遠失去了她。爲什麼要看這一眼？爲的是徹底的了解與認識。這一眼象徵「絕對」的認識，而只有在絕對的認識下才有絕對的愛情。這是一條死胡同，沒有一個人可以逃得出去，除非你不想要「絕對的愛情」。阿諾依如何來打開這個死胡同的出路呢？他用死、用遺忘、用變更自己。

第三主題：遺忘。劇本《沒有行李的旅客》：(*Le Voyagenr sans Bagage*)

過去既然是這麼可怕的東西，如何才能去收拾它呢？阿諾依用遺忘來應付。浮生如逆旅，我們每個人都是旅客，我們的記憶便是所携帶的大籠小箱的行李。沒有行李的旅客才不至於被過去纏住。「沒有行李的旅客」喀斯東（Gaston）是一九一八年自德國返法國的戰俘，他在作戰期間受傷，喪失了記憶，變成一個沒有過去的人。法國有關當局爲了替他找到他的家人，安排他與若干家庭接觸，這些家庭中失踪的兒子與喀斯東都有若干相似之處（喀斯東這個名字是收容所暫時給他取的）。喀斯東先到了一個姓雷諾的家庭去認親。那是一個頗有點錢的家庭，家中計有母親、長子喬治、長媳以及傭人們。失踪的是次子霞克・雷諾。他既然喪失了記憶，自己根本不知道是不是這個幸運的霞克。他闖進了這個家，要替自己選一個過去，就像進成衣舖替自己選一套衣服，合適了就穿上。到了這家之後，爲了想恢復他的記憶，他的母親叫他去捏一隻死鳥，因爲在小時候，霞克最喜歡殘害鳥雀。慢慢地喀斯東一樣一樣地知道了這位可能就是他本人的霞克的過去。霞克小時候殘害鳥雀，愛用石頭砸斷狗的腿，用繩牽著小老鼠和松鼠。在十二歲就愛上酒吧，交了一批壞朋友。夜出不歸。他家十五歲的女傭人在到他家第二天就被這位十七歲的小少爺按在床上強姦了。不久，他的最好的朋友，在調戲這個女傭人時，被他看見，兩人發生爭吵，霞克一把把他朋友推下樓梯跌成殘廢。後來他又與嫂嫂通姦，使他的哥哥痛苦不堪。這一頁一頁骯髒的過去，被阿諾依高明地推到觀眾的面前，使大家與喀斯東一樣地覺得難以忍受。最後，他拒絕承認自己就是這個霞克，雖然他背上的一個疤證明他就是霞克。他的嫂嫂爲了證明喀斯東就是霞克，向他說：「我從來沒見到你光身子，是不？好，你有一個疤，一個小疤，我敢說連醫生都沒有注意到的，就在離左肩胛骨二十公分的地方」。喀斯東自己也不知道有這麼一個疤。他暗暗對了鏡子赫然看見了一個小疤，這是他嫂嫂有一次以爲他對她不忠實時在他身上留下的。這鐵一般的證據都不能使喀斯東承認他就是霞克。他向他嫂嫂撒謊：

喀斯東：（慢慢地說，眼望著她）「我沒有看到什麼疤。」

萬朗汀：（卽霞克的嫂嫂）「你怎麼了？」

喀斯東：「我說我昨天仔仔細細看過我的背，沒見到什麼疤，你一定弄錯了。」

萬朗汀：（望他一會兒，如聞霹靂，然後明白過來，突然喊道）「哎，我看不起你！我看不起你……」

喀斯東：「我現在在拒絕我的過去與我過去生活中的人物——包括我自己在內。你們也許是我的家人、我的愛人、我的眞正身世。是的，不過，我不喜歡你們，拒絕你們。」

就這樣，喀斯東拒絕了他自己，拒絕了自己的過去。然而究竟不是每個人都能喪失記憶，世界上不是人人如此幸運，阿諾依在他另外的一齣戲中找別的出路。

第四主題：變成別人。劇本：《桑里四的約會》。(*Le Rendez-vous de Senlis*)

喬治娶了一個有錢的小姐，她養活喬治的父親和母親，她養活喬治的朋友和朋友的太太；她也養活喬治。然而喬治不愛她。他一次一次地找尋眞正的愛情，都沒有成功。終於有一天，在咖啡館裏遇到一個純潔的女孩子——伊薩貝爾。一次眞正的愛終於來了，可惜來得太遲。爲了不破壞他一生中唯一的完美的愛，喬治向伊薩貝爾編織一套假話。他告訴她說他未婚，他有慈愛的父母，有一個鄉下式的老家，有刎頸之交的好友。事實上，喬治所編織的謊話，正是他的夢想，他眞正生活中一切得不到的東西。在小時候，他的母親每日有參加不完的茶會，把他冷清清地丟在家裏，父親也好不了多少。大了，雙親見他娶了個有錢的小姐，搶到便宜似的，整日拍媳婦的馬屁，唯恐被攆走。他所謂的刎頸之交的好友羅拔正住在他家裏，靠他的慷慨的太太過活，而羅拔的太太已成了喬治的情婦。伊薩貝爾相信他的一切話，在離開巴黎前，她堅持要見一見喬治的雙親和他描敍得如此動人的老屋、忠僕與好友，於是喬治約她到他的「家」晚餐，爲了這片刻的夢，他在桑里四地方租了一間古屋，僱了幾個男女演員來扮演他的理想中的父母與忠僕。喬治對那個扮演母親的演員說：「你扮演兒童讀物中描寫的那種母親，在厨房裏女傭旁邊等待眞正的媽媽回家的孩子們心中夢想著的那種母親——一個母親最好不一天到晚上大街買東西，也沒有朋友要看，總之，一個好媽媽。而事實，回家來的母親總是香得太薰人，一天到晚上大街的。……」

由於他得不到愛，失望於友誼，他對他僱來的演員說，他們所扮演的角色，是如下一個男孩子的父母：

我小時是個魯莽粗野的孩子，但是只要有人溫柔地對我說話，我就紅了臉，禁不住落淚「……」。

我相信愛情、友誼。我可以爲我的朋友羅拔而死，「……」

可是事實是怎樣的，母親往往在外應酬，到了吃晚飯了還不回來。愛情是不存在的，友誼也不可能。阿諾依借喬治的口敍述一個人是如何由滿懷熱情而至心灰意冷：

人總是不知足的！永遠！開始的時候，心想非過一輩子的幸福日子不可，然後，幾年飛馳過去之後發現，那樣已經算是不壞了。然後，只盼有個幸福的一晚（指他與伊薩貝爾最後共進晚餐）就滿足了。然後，突然，幸福的時間原來只有五分鐘，你終於發現這五分鐘也算是一個永恒的綠洲，啊，五分鐘的幸福！

以上是我將阿諾依的幾個重要的主題作一個簡略的介紹，限於篇幅，很多重要的劇本都不能一一提及。阿諾依雖算不上是個太了不起的大家，但要寫一篇足以使讀者——尤其是沒有讀過他劇本的讀者——沒有隔靴搔癢的感覺的介紹文字，不是短短的萬把字可以辦得到的。我希望，在時間及出版方面許可的情形下能夠翻譯幾本他主要的作品，相信臺灣的讀者會歡迎的，因爲對久埋虛僞的泥土下的冬眠動物言，阿諾依是一記響亮的春雷！茲將他的作品目錄附後，以供讀者的參考。

一九三一　《黃鼠狼》（*L'Hermine*）

一九二九　《小柑》（*La Mandarine*）

一九三五《從前那裏有個囚犯》(*Y Avait un Prisonnier*)

一九三七《沒有行李的旅客》(*Le Voyageur sans Bagage*)

一九三七《桑里四的約會》(*Le Rendez-vous de Senlis*)

一九三八《野生者》(*La Sauvage*)

一九三八《賊子舞會》(*Le Bal des Voleurs*)

一九三九《李歐伽地亞》(*Léocadia*)

一九四一《娥里蒂絲》(*Eurydice*)

一九四二《安娣岡》(*Antigone*)

一九四五《羅密歐與霞訥特》(*Roméo et Jeannette*)

一九四七《古堡之宴》(*L'Invitation au château*)

一九四八《阿德兒或菊》(*Ardèle ou la Marguerite*)

一九五〇《排練或愛之罰》(*La Répétition ou l'Amour puni*)

一九五一《和平鴿》(*Colombe*)

一九五二《鬪牛士之華爾滋》(*La Valse des Toréadors*)

一九五三《百靈鳥》(*L'Alouette*)

一九五三　《媚德》（*Médée*）

一九五四　《色西爾或爸爸學校》（*Cécile ou l'Ecole des pères*）

一九五五　《奧尼弗爾或穿堂風》（*Ornifle ou le courant d'air*）

一九五六　《可憐的畢多或頭之晚餐》（*Pauvre Bitos ou le Dîner de têtes*）

一九五九　《狂妄者或情網中的反動派》（*L'Hurluberlu ou le réactionnaire amoureux*）

一九五九　《小莫里哀》（*La petite Molière*）

一九五九　《貝給特或上帝之榮耀》（ *Becket ou l'honneur de Dieu*）

法國「新小說」的正與反

法國當代作家米歇爾・畢宇鐸赫(Michel BUTOR)一九九一年十月中旬來臺訪問。十六日由中華筆會主持，在臺灣大學外文系安排了一場英語演講，談「創作與批評」；十七日以臺灣法國文學教育界人士爲主要對象，在淡江大學以「當代小說的演變」爲題作了法語演講。

米歇爾・畢宇鐸赫屬於四〇年代初露端倪，而在五〇、六〇年代達於鼎盛的法國「新小說」主要作家之一。這羣作家中包括了一九八五年獲得諾貝爾文學獎的郭洛德・斯奕蒙(Claude SIMON)。他在法國文學上所起的鉅大作用使他成爲國際文學界矚目的人物。他來臺訪問誠然是件文化盛事。只是出於政治與歷史的因素，臺灣與西方文化的交流長期以來幾乎可以說自囿於美利堅一國，米歇爾・畢宇鐸赫這個名字，知道的人也就可謂少之又少了❶。

❶《聯合文學》第四十五期有〈法國新小說〉專輯，劉光能策劃。以侯柏─格里耶爲中心主題。

新小說的脈絡最早可以上溯到娜妲利・薩侯特（Nathalie SARRAUTE）一九三九年出版的難以歸類的作品《向性》（*Tropisme*），而在她的第一本小說《無名者的肖像》（*Portrait d'un inconnu*, 1945）的序言裏讓－波爾・薩特便已稱她的小說爲「反小說」（「新小說」其實在某一個意義上都可以被納入這一個稱號之內）。至於凡論及「新小說」必然要提到的撒繆爾・貝克特（Samuel BECKETT），他的小說《墨菲》（*Murphy*）的法文版雖遲至一九四五年才出版，該書英文稿實際上成於一九三五年，在一九三八年就在英國出版了。上面的這些作品一般認爲是「新小說」的前驅作品，正因爲它們標示了反某些小說傳統而有了共同的特色。

然而「新小說」被批評界作爲一個文學潮流熱烈討論的，是緣由四位小說家在一九五三年到一九六〇年這七年間出版的著作。這四位小說家就是阿瀾・侯柏－格里耶（Alain Robbe-Grillet）、娜妲利・薩侯特、米歇爾・畢宇鐸赫和郭洛德・斯奕蒙。一九七一年的塞利齊研討會（Colloque de Cerisy）以「新小說」爲主題，可以說標誌着「新小說」的顚峯，同時也標示了式微的起點。這裏必須要提一下，一個非常重要的作家瑪格利特・居哈絲（Marguerite Duras）堅決反對人家把她劃入「新小說」作家羣。她避免參加有關的研討會或集體性的工作，當然也沒有出席一九七一年的塞利齊研討會。雖然她的作品正符合「新小說」的某些所謂小說「解構」（dé-structuration）的理論，她卻毫不掩飾自己對抓住理論夸夸其談的厭惡。她認爲小說家應該對「人」有感覺而不是搞「概念」（concept）。至於那些孳生繁衍的所謂理論，她認爲莫非是男性腦細胞的畸變。她說，人不應該做「會理論的蠢物」。她所指的「會理論的蠢物」大約與厄金・尤乃斯柯所稱的「有學問的驢子」同屬一種物類罷。❷

這一羣作家又稱爲「子夜」作家，因爲他們的作品主要都由「子夜出版社」出版。然而他們的著作，不論在理論或小說創作方面，彼此大不相同，是各有特色的。他們也不像超現實主義運動中的文學家和藝術家那樣，舉起共同的大纛，簽署昭然的宣言；這種搞運動的態度似乎和「新小說」小說家的心態相悖。連被認爲最喜談理論的侯伯－格里耶也說過，他之所以寫出有關「新小說」的理論文章，實在是由於外面對他小說的批評之中，有太多是出於誤會，他不得不撰文說明，絕不是先有理論再寫創作的。因此，與其說「新小說」是一個集團或者一個文學運動，不如說是一個時代契機的產物。他們只是在這一段時期內不約而同地出版了具有某一種新氣象的小說，發表了對傳統質疑的理論文字罷了。

產生「新小說」的背景說簡單很簡單，說複雜可以說相當複雜。我們大致可以從意識形

---

❷ 前者爲 imbécile théorique，後者爲 âne savant。

態和文學的角度來看。

四○年代的法國，是作家的危機時代。在國內政治上正逢阿爾及利亞戰爭。這個不光榮的戰爭終於在戴高樂將軍執政後不久結束。戰爭把現實政治推到人的面前，不得不予以正視。存在主義的文學觀是一種有「使命感」的文學觀，其意識形態是左的，把政治參與放在優先的位置上。然而書空咄咄，作家的吶喊在現實政治的撞擊下，唯見其虛弱無力。雷蒙・阿宏說得好：「我不相信薩特——我們這一代最觸目的知識分子——對法國的政治曾起過什麼影響作用。」❸薩特自己也浩嘆：「文學與政治都救不了人〔……〕面對着夭死的孩子，《嘔心》是沒有份量的。」❹

從國際政治來看，史達林整肅異己，上演了審判布加寧等人的活劇，北韓發動的南侵戰爭等等，都使左派知識分子陣營不安和分裂。拳拳服膺於意識形態的文學觀本身就隱伏着危機。斯奕沫訥・德・波伏瓦赫（Simone de BEAUVOIR）在她的小說《大老爺們》（*Les Mnadarins*, 1954）其中的一段對話固然是爲存在主義文學觀辯，卻相當具體地點出了意識

❸〈雷蒙訪問記：一個分析者，一雙不動情的眼睛〉（見《當代》創刊號譯自 *Magazine Littéraire*, Septembre 1983。）

❹ 轉引自 ELUERD, Roland. *Anthologie de la Littérature francaise*. Paris: Larousse, 1986. p. 289。

形態文學觀的癥結所在：

昂利說：「假設您在夜裏水之濱看到一片光亮。挺美的。然而當您知道了，那燈火所照之處的眾多城鎮裏，多少人餓得要死，這些光亮就失去了詩意，原來都是障眼法的把戲。您會對我說，就寫別的吧，比如說，寫這些餓得半死的人好了。而談這些人，我寧願在報章上寫文章或者在集會中說去。」

「我不會對您說這樣的話的。〔……〕燈光是普照所有的人的。當然，先要人人有飯吃才行；然而，使生活更有味的這些細節，如把它們全給去掉了，那吃飽飯又有啥意思？〔……〕」居柏里說。

上文中的昂利，一般認爲以卡繆爲藍本而居柏里則指的是薩特。這一段對話的結論是居柏里（薩特）給下的：應當找到一種不同於右派唯美主義作家的方式來敍述這片燈火，「既令人感到光亮的美，又傳達了城鎮貧民的苦況。」

我們姑且不去談上面這種以預設的理念來指揮小說的想法和薩特本人小說的藝術觀點是何等相矛盾（這究竟是斯奕沫訥·德·波伏瓦赫的小說），這裏我們只強調指出意識形態文學的危機之所在。

面對危機，作家各自尋找不同的出路，比如說弗杭索瓦絲・薩岡 (Françoise SAGAN) 的《早安　悲愁》（*Bonjours Tristesse*）就完全脫離開存在主義「參與文學」的路線，回到了二〇年代哈第蓋式的慵無聊賴的調調兒❺。卻極受歡迎，那是大有原因在的。

「子夜」作家羣也是向過去尋出路，但所選擇的重點卻不同。存在主義文以載道的藝術觀，他們是反對的。他們反對文學的政治參與，並且坦然提出「爲藝術而藝術」並沒有什麼不好。他們認爲這個世界不具意義倒也未必荒謬。「它只是如此這般地存在着。」❻同時認爲這「存在着的現實」才是最令人震驚的。對政治參與，阿瀾・侯柏—格里耶說了這一段話：「我們怎麼能忘得了那卑顏屈膝、驅逐出黨、囚禁和自殺之種種？那些個革命取得勝利的國家中，繪畫（姑且只談繪畫吧）落得如此下場，我們哪能視而不見呢？」❼在指名道姓地批判了「社會主義寫實主義」之後，他宣稱：文學作品是一種必需，同時是無所爲的必需；文學是力量，無用的力量。

「新小說」不但揚棄了意識形態的藝術觀，同時也拒絕了自十九世紀以來所建立起來的

---

❺ Raymond Radiguet（1903–1923）。

❻ Alain, ROBBE-GRILLET. *Pour un nouveau roman*, Paris: Minuit, 1963, p.18.

❼ 同上，頁三五。

若干牢不可破的小說理念。他們的小說不僅不再是現實的再現或反映，連情節的經營、人物的塑造、故事的逼眞性也被部分作家完全否定了。郭洛德・斯奕蒙對故事性問題說得很明白，引於下：

> 你們問我，您爲什麼不再寫「故事性」、「史實性」(anecdote)的小說了？
>
> 我先要問的是，何謂「故事性」？何謂「史實性」？
>
> [……]我相信，當前的讀者大衆對小說有一種誤會，類似十九世紀下半紀時對繪畫的那種誤會。下面的這些畫，到某一個時代爲止，一直被認爲是「主流畫」，如「巴力斯的裁決、若汝謞使太陽不墜、加納的婚禮、薩達納巴爾之死」等等，只是因爲這些畫處理的是歷史性的，或者史實性的主題[……]。
>
> 幸而，大家終於慢慢理解了，那些迫人選擇的大題，不過是一些題材罷了，或者您寧願稱之爲「一種藉口」，大家終於理解了，吳采洛(UCCELO)、魏洛內斯(VERONESE)或者德拉克洛瓦(DELACROIT)並沒有「體現」「聖羅曼諾的戰役」、「加納的婚禮」或者「十字軍入君士坦丁堡記盛」，而是「呈現」(或者說出)這些繪畫性的「實際」(réalité)，換言之，線條和彩色的一些關係，聲、色、香的呼應。[……]

現在大概只有在蘇聯，我想，還有人相信一張畫必須「體現」「列寧主持蘇維埃全國代表大會揭幕典禮」〔……〕吧。除非冒製造絕頂的笑料之險，今天沒有人會聲稱，塞尚那張桌上有三隻蘋果、一個高腳盤和一把有柄的小口酒壺的畫，比起「薩嬪被擄圖」來，是屬於「二流畫」。在這裏我們看到的（比起別的畫更徹底，因爲卸去了一切史實的包袱），是繪畫的眞面目，是純繪畫，也就是綠、灰、藍、白的顏色，直線與曲線之間最完美的關係，它們彼此「呼應」。

因此，我們今天的文學，在某一個意義上來說，落後於繪畫一百來年：很久以來，繪畫已不再需要借着闡明某一樁大事來證明自己的價值，以獲得尊敬了。〔……〕而小說呢？小說以自己的面目出現〔……〕還是前不久的事兒呢，全靠普魯斯特、卓逸斯（Joyce）等幾個前輩巨人的努力，不顧多少冷嘲熱諷才贏得的！」❽

說「新小說」是拒絕派，這樣說也許只對了一半。作爲一個文化現象，「新小說」自不能憑空而起，必有所繼承。他們也的確向世界文學和本國文學的土地汲取養分。向外，他們可以說毫無例外地受到卓逸斯、福克納（Faulkner）、維吉尼亞・吳爾芙（Virginia Woolf）、

❽ *Le Monde*, le 18 octobre 1985。

卡夫卡等人的影響。他們也向本國文學家如紀德（Gide）、梵樂希（Valéry）和馬塞爾・普魯斯特（Marcel PROUST）等人的作品中追尋小說形式的範例。作爲存在主義作家的薩特固然在被拒絕之列，但作爲現象學美學膺奉者的薩特卻又是「新小說」作家所師法的對象。畢宇鐸赫十月十七日在淡江大學演講時，一開頭就譽薩特是「法國的一位偉大的教師」絕不是沒有道理的。

一九三九年，薩特在《新法蘭西雜誌》上撰文，就思想和藝術兩個陣地向當時文壇重鎮的弗杭索瓦・莫里亞克（François MAURIAC）進行猛烈的抨擊。莫里亞克當時的地位雖表面上如日中天，實際上，「小說」已處於危機狀態，而他自己也承認，在文學上他那時是處在「苟延殘喘」的情況中❾。

薩特一方面認爲莫里亞克的人物由天主教理念出發，故不論其掙扎痛苦、罪與罰卻早已過時，這一切只成了一種假悲劇。文章中最引起廻盪的是有關小說藝術的問題。薩特立在海明威、卓逸斯、福克納等美國作家所開闢的風景線上通過存在主義的美學信念，大肆批判莫里亞克的小說藝術。他認爲莫里亞克以無所不知的權威身分，跳過他小說中人物，直接向讀

---

❾ J. BERZANI, *La Littérature en France de 1945 à 1968*. Paris: Bordas, 1982. p. 124。

者解說，爲之代言，因而使他們失去了自主性，成爲作者手中的木偶⑩。

薩特的小說藝術觀一方面受到了美國當代作家的影響，一方面從現象學的美學觀發展了存在主義的美學。至於「新小說」作家，他們也從不諱言自己與現象學的密切的關係，這三者之間的傳承和發展的關係對「新小說」的理解是非常重要的。以下就藝術品、讀者和作者三個方面作一個簡略的說明。

從現象學的觀點看，一件作品必須有讀者的閱讀才能算眞正地成爲藝術品。杜夫海訥說過：「書本身只是一種蟄伏的（inerte）、不透明的（opaque）存在：一張白紙上所寫的字和符號，其意義未被意識現實化之前，仍然停留在潛在狀態。」⑪所以薩特說：「文學對象〔按：指作品〕是一種奇異的陀螺，只有在運動中存在。想讓它現身，必須進行一個叫做閱讀的行動，而它的生存也只和閱讀的時間等長。」⑫閱讀停止，藝術品也就不「存在」了。讀者的「意向性」和創作者的「作品」共同創造了藝術品。

在這裏，讀者的重要性給提高到一個前所未有的地位，那麼，對讀者的要求相對地提

---

⑩ J.-P. SARTRE, "M. François Mauriac et la liberté" *Nouvelle Revue française*, fév. 1939。

⑪ Mikel DUFRENNE, *Esthétique et Philosophie*. Paris: Klincksieck, 1967, p. 148。

⑫ J.-P. SARTRE, *Qu'est-ce que la littérature?* Paris: Gallimard〔coll. Idées〕, 1948. p. 52。

高，也就是自然不過的了。讀者應該專心致志於作品的閱讀，於作品以最大的包容和最深刻的反應。他另一方面卻又要完全地不存在，不以自己的記憶加諸作品，也不用自己的經驗來衡量作品。

對於作者呢？根據現象學，作者也是一個現象，他向讀者展示自身，但他僅僅在作品中展示而不在作品以外的地方展示。凡是讀者可由他處得到的有關作者的一切，都不可顯示在作品中。因爲這一切可能是「有關作者」的眞象，卻非作者的眞象（vérité）。也就是因如此，作家只有在隱蔽自己的情況下才能顯示自己。〔……〕作家不現身，正好使他特別「在場」。

最終的目的是做到使讀者「進入」人物中，與人物成爲一體。薩特說：「小說是在現在式中進行的，跟生活一樣〔……〕在小說中，事情未定，因爲小說的人是自由人。事情均在我們眼下發生。我們和書中人物一樣的那麼不耐，那麼迷茫，那麼期待着。」⓭

存在主義的小說在上面這個規律裏發展，「新小說」也是沿着這個方向發展：只是後者在許多方面形成了自己的特點。

在人物的問題上，存在主義由上一代作家手中接過來的人物還散發着「英雄」的氣味。

⓭ J.-P. SARTRE *Situation* 1, p. 16。

孟德爾瀾、馬爾侯、塞利訥、聖─德克休貝里⓮等人作品中的人物仍不甘於人的命運，要作「天問」式的抗議，要以赴死的英雄氣概來超越死亡（如馬爾侯），或以對生命責任的勇氣無畏地面對死亡（如聖─德克休貝里），或從死亡中得到沉迷的樂趣（如塞利訥）。到了存在主義，英雄的時代便告結束，人已不再認爲自己的行動可以對外在的事件起作用，更無論改變歷史。代之而起的是有一張惶惶不可終日的面目的人。人至此，只剩下最乾枯原始的生命樣式，一如賈可梅第（Alberto GIACOMETTI）的雕像所揭示的。薩特、卡繆、德・波伏瓦赫、渥德利（Colette AUDRY）等人小說所透露的，是人的意志消沉和元氣衰竭。卡繆的《瘟疫》（*La Peste*）中的醫生固然仍具有奮鬪不懈的勇氣，而心中清楚，人的努力終歸白費，一切都屬徒然。如果說，用來讚揚人的奮鬪的語言是抒情的，有着浪漫主義的色彩──像馬爾侯、阿拉貢（Louis ARAGON）或塞利訥的筆觸，那麼，存在主義的語言則是無華的，無華到乾枯的程度。

故事性不重要了，逼眞性不重要了，人物呢？法國文學演變到了「新小說」，幾乎可以說是「人物」由英雄矮化到消失的過程。存在主義文學裏是乾枯的人，到了「新小說」，連

⓮ Henri Millon de MONTHERLANT, André MALRAUX, Louis-Ferdinand CÉLINE, Antoine de SAINT-EXUPÉRY。

這乾枯的人似乎也無容身之地了。侯柏—格里耶認爲，小說中的所謂人物，實際上早是一具木乃伊，死了幾十年了，卻還被奉在寶座上。他指出當代的文學鉅著中，「人物」早已不存在了：「貝克特在同一篇故事內，男主角的名字和樣子都變了。福克納故意讓兩個人物共有同一個名字。至於《城堡》裏的K，只有一個起首字母便已足，此人一無所有，既無家庭，也無面目［……］小說失去了往昔最重要的支柱——英雄，顯得恍惚欲墜了。」⑮在娜妲利・薩侯特的《向性》中，作爲具有個人性的「人物」的確已不存在了。裏面有「他」、「他們」、「她們」等等，似乎都是彼此可代換的人稱代名詞了，完全地泯滅了人的識別性。至於侯柏—格里耶的《百葉窗》，那裏「人物」被抽離成一個純粹的視功能，而且是攝影機般的視功能：人和人的關係、意識和意義的關係在這兒都沒有了，只剩下視覺和物的關係。《百葉窗》裏的丈夫察看他所懷疑的妻子，但當被察看者的目光射向他時，他便把視線投向他處：視線和視線沒有交會的可能，兩者的內心也不可能有交通。人與人只是看或被看。人的內心，讀者只能從他們表現於外的極物質的細節來窺測：他們的肢體態度、難得連貫的對話和他們視線的方向。侯柏—格里耶的小說雖然未把人的世界完全化約成物的世界，至少是把人的秩序化爲物的秩序。當然，「人」在小說中的淡化更襯托出「物」的膨脹。在「新小

⑮ 同⑥，頁二一八。

說」中，物是用怎麼樣的方式被呈現出來的呢？

某些「新小說」所描寫的片段，令人有看到照片那種感覺，恐怕還不是傳統的照片，而是接近七〇年代起在美國開始盛行的超寫實繪畫(hyperréaliste，亦稱照相寫實 photorealiste)。對他們來說，外在的世界是一個平面：物是物，也只止於物。它們的存在既不必引起什麼聯想，也不具象徵意義，並不爲引起特殊的感覺，是沒有縱深的。重要的是物的存在的本身，所以要精確地不厭其煩地儘量全面地把它們呈現出來。侯柏－格里耶的《百葉窗》開頭的一段描寫是一個很好的例子：

此時，柱子——支撐屋頂西南角的那根——的投影，把陽臺對應屋頂的那一個角相等地一劃爲二。陽臺是條寬濶的簷廊，環屋三面。中段與兩側等寬，所以柱影正止於屋角處；投影到此爲止，是因爲太陽仍太高，日照只及於陽臺的地甎。房子本身的屋頂和廊頂渾爲一整體，此時擋住了陽光，陽光還照不到房子正面和兩側的山牆。牆是木質的。此時，房頂角影子的邊緣不偏不倚落在構成屋角的兩個垂直面和陽臺地面之間所形成的那條直角線上。[16]

---

[16] Robbe-Grillet, Alain. *La Jalousie*. Paris: Minuit, 1957. p. 9。

上面的這一段描寫，猶如數學命題，準確而冷。從傳統的觀點來看，很難找出其所以如此的必要性。陽臺固然是這本小說的中心舞臺，「屋頂角投影邊緣緊貼牆和地面形成的直角線」的這種精確度並未說明其精確以外的什麼，可以說是爲精確而精確，正如一些「新小說」中的許多物是爲存在而存在。無怪艾吉昂伯(Etiemble)提出這樣一個詰難：如果說描寫一把椅子可以用上三頁文字，何不用三百頁！

我們是否可以設身處地，站在「新小說」的立場來看看這一切呢？

如果說，藝術品必須讀者的參與（閱讀）才能完成，而且有兩個條件：讀者必須全力投入；讀者不可帶有成見，以自己的記憶加諸作品，那麼作者怎麼樣才能達到他的目的？

要讀者全力投入，也就是要他對作品付出極大的注意。而當我們讀到「春光明媚」、「翠堤春曉」之類的句子時，我們的注意力就會滑過去。因爲，這些描寫已太熟悉了，成爲濫調。「新小說」對物的描寫是要打破這一個格局，讓我們的注意力駐留下來。雅可柏遜(Jacobson)說，把平常認爲無關緊要的，在文學中未有過地位的物這樣鄭重地描繪出來，把它們放在不平常的位置上，「使它們忽然間有了自身的特質。」這一些普普通通的物竟忽然間擋住我們的視線，變得有了厚度，不透明，成了我們視覺的抗阻！讀者不是認知了什麼（當我們認知時，就是用自己的記憶核對外物），而是發現了什麼，也就是說，首次看到了這些「物」了。這，當然也不是什麼驚人的大發明，早在一九一七年馬塞爾・杜尙（Marcel DUCHAMP）把尿斗翻轉以九十度固定起來擺在展覽場中就已達到了這一個效果了。只是在小說的範圍內，從來未把這個關切推到了這樣一個極端的情況罷了。

那麼作者呢，他如何隱蔽自己？這正是照相寫實般的描寫所要達到的目的。任何抒情的描寫必然是作者的現身，只有最精確最冷的呈現，才是物本身實質的呈現。那裏，作者是不存在的。作者不存在，作品中的物有着更大的自主的性，它們引導着讀者，吸引着讀者全部的，同時又是嶄新的注意。在侯柏—格里耶沒有人物的佈局中，所有的物都由一個「視」出發，所有的物都以「視」爲終點：「視」是眾物的中心。這空洞般的視，卻是所有緊張關係的樞紐，是一個極緊張的存在，像颱風眼。

> 一個極用心，極用心的讀者把自己置身於這個空洞中，逐漸與空洞合爲一體。

他進入了這個彷彿不存在的「人物」。

所以侯柏—格里耶說：人，在他的小說中實際上是無處不在的，在每一頁每一行、每一個字中[17]。

我們說「一個極用心，極用心的讀者」是爲了強調「新小說」的作者對讀者有着極高的

---

[17] 同[6]，p. 116.

要求。在大多數的情況下，讀者往往是掩卷不能竟篇的。

他們的要求是過高了。

「新小說」即使是最盛行的那幾年，也不是最廣爲閱讀的作品。有人說，作品有兩種，一種是給人讀的，另外一種是給人說的。作爲一個文學史上重要的標誌，許多「新小說」譯成各國文學，批評家以此作爲研究分析的對象，尤其是那些以形式分析爲專業的批評家更是樂此不疲了。但對絕大部分的人而言，「新小說」是來「說」的書。往往不少人不必去讀小說，只要讀小說的批評就有足够的話可說了。

儘管某些「新小說」作者認爲，我們今天世界已非巴爾扎克時代的世界了，新的觀照應該有新的文學。然而法國文學最廣爲閱讀的，卻仍是巴爾扎克，仍是斯宕達爾、福羅貝爾……

……。

讀「傳統」的小說，我們得到某一種快樂：感情的起伏、故事的緊張；它也許爲我們揭開社會的一角，爲我們認同或帶給我們驚訝；也許揭開我們某一形式的敏感，滿足我們的慾望。

而讀「新小說」所得的快樂（如果進得了堂奧的話）卻是大不相同的。那主要是一種共謀者的快樂。讀者必須嚴密「注意」那不存在的作者，他的眼神，他嘴角的牽動。一路走來，步步爲營，心中必須牢記沿途每一個彷彿不起眼的記號，將之對照排比，以避免踏入陷阱，再也走不出如蛛網的迷宮。一旦讀者終於走了出來，攀到迷宮的頂端。這時他俯瞰來路歷歷在目，迷宮的錯綜複雜一覽無遺。勝利之感油然而生。此時看到隱身迄今的作者站在迷宮的那頭，你和他相視而作共謀者會心的微笑。

但絕大多數的人所期待於藝術者，不是這種快樂。也許就是出於這個原因，「新小說」似乎更適合於用來在課堂上講解，或者用來做一篇精采的論文吧。

我們固然承認，「新小說」在小說創作上爲我們開闢了一個新天地，讓我們考慮到更多的創作問題，甚至也帶給我們一種嶄新的敏感，然而我們終於因爲佩服多於感動而不無怏怏了。

畢恭說：「侯柏—格里耶的小說巧勝於神」可謂言簡意賅之至[18]。

---

[18] "Les romans d'Alain Robbe-Grillet sont évidemment plus habiles qu'inspirés." 見 Gaëton. Picon *Panorama de la nouvelle littérature francaise.* Paris: Gallimard, 1960, p. 159。

實驗室裏的小說家

——米歇爾・畢宇鐸赫

米歇爾・畢宇鐸赫是法國「新小說」作家羣中一個重要的人物。他的作品《時過境遷》是新小說中最廣爲閱讀的小說，說明了他的作品的可讀性，而由於他對小說形式的追求，又使他成爲眾多批評家所討論的「新小說」家。

畢宇鐸赫之所以在小說的形式上如此孜孜矻矻，是出於他對小說的根本看法。他認爲：小說主要是解決小說作者個人某些問題的工具，是他用來揭示世界，同是也揭示自身的工具[1]。由於眞實的故事有外在的事實爲根據，而小說只靠自己所能提供的，便要做到顯示眞實的目的。所以，要找出最適合的形式便是小說的中心課題。他稱小說爲「故事的實驗室」[2]。

---

[1] Georges CHARBONNIER *Entretien avec Michel Butor*, Paris: Gallimard, 1967, pp. 78-79。

[2] M. BUTOR *Répertoire I* Paris: Minuit, 1960, p. 8。

那麼，小說家何以有問題，寫小說何以能解決他們的問題呢？

他說，一個人提筆寫小說，是因爲有了「靈感」，然後他必須去尋找最合適的形式，實現其「靈感」❸。「靈感」源自小說家與周遭環境的衝突；也就是現實與其本身有了矛盾，社會與自身有了矛盾。因此，生活在其中的人，幾乎都活得很不自在。幸而，大多數的人都能好歹活下去。這矛盾表現在社會成員身上的是，某一些人和自己有矛盾，矛盾超過臨界度之後，他們就進入死胡同，既不能接受自己，又不愛這個社會。他們生活在不幸之中，出不去了。從社會的立場來看，往往視他們爲膿疱、癤子，必須「割除」之而後快。解決之途不外乎社會判他們的罪，或者，他們自殺。也有自己發了瘋，被關到瘋人院裏去。有沒有第三條路呢？

有的。畢宇鐸赫認爲「寫作」就可以讓這樣的個人把情況扳回來。他說，「寫作是自殺的良性對等物」。換句話說，寫作是「良性」的自殺。他以自己的第一本小說《金烏過道》爲例，說明小說是作者的良性自殺和再出發的手段。書中女主角的死亡，是他的一個手段，用來與自己的兒童時代的環境告別，了結了兒童時代甚至青少年時代的自己。寫了這本小說，他把自己的過去作了一番釐清，對自己的種種問題有更清晰的了解，然後把這一頁永遠

❸ 同❶，p. 38-39.

翻過去，再出發。

然而僅有「靈感」是不够的，必須有最合適的工具來實現。這工具和靈感的關係，他進一步用「勘探」加以說明。他以十九世紀一些勘探家爲例。他們發現非洲的某一些地區尙未爲人所知，他們要去勘探。但要在這一些地區勘探，必須具備某一些工具，如槍枝、帳棚、乾糧等等。他們得使用顯微鏡、望遠鏡、分光鏡、紀錄儀。當勘探者進入這一個地區不久，他們往往會發現自己所帶的工具不足或者不够精良或者不適合該地區的特殊條件。於是他們回到出發點，爲自己添置新的工具，改良某一些工具，使之更適應這個地區的情況。

在文學上，情況也是如此。一片空白的地區，未經文學的開發。生命中的一段經驗，從來未有人去敍述過，自己想要敍述，一時卻缺乏合手的工具去勘探。於是，小說家要尋找合適的工具，並一再改良他所使用的工具。工具效能的提高，反過來豐富了經驗，因爲它們的能力揭示了經驗中未被察覺的部分。所以他一次在法國華唷蒙（Royaumont）的演說中說，小說是一種威力強大的工具。生命中一些表面上看來微不足道的事件，一些和日常生活彷彿沒有什麼關係的思想、直覺或者夢，都可以在小說中聯起來，串起來，小說家正是這樣透過小說的形式，迫使生命呈現其眞實的面目❹。

❹ 同❷ p. 272.

《金鳥過道》是畢宇鐸赫的第一本小說❺。作家的第一本小說，一般說來往往具有較多的自發性（spontanéité），經營得也就少了些。《金鳥過道》自然也不例外。他承認這本小說雖然不能說是不經思索而產生的作品，究竟思索得不夠❻。他說，寫這本小說之前，他一邊研究哲學，一邊大量地寫詩，而所寫的又是那種惶恐不安的類型的，不屬於理性的詩❼。這自然和他在哲學上要闡明問題的精神格格不入。他於是由詩過渡到小說。他說，馬拉美說過，凡是在文體上下了工夫的，就是寫詩。我們可以看出來，這本小說的文字講究，相當程度接近詩的語言。作家一方面用些陳腔濫調的對話，無聊的寒暄，人物粗魯的舉止和惡質的心態，人物刻劃令人想起尤乃斯柯（E. Ionesco）的文體，但會摻入一些極個人的，詩般的文字。在這本小說裏，我們幾乎每一頁都可以看到作者詩人的烙印。從這一點來看，即使他做到表面上「作者」不出現在小說中，卻又落在自己的陷阱裏了。

---

❺ 這一本小說法文原名爲 *Passage de Milan* 我們譯爲《金鳥過道》，是因原文一語雙關。Passage 意爲兩條通衢間的巷道，故書名也可譯爲《米蘭巷》。但此字又有「經過」之意，而 Milan 旣爲意大利城市名，也有「鳶」的意思。此鳥在古埃及爲太陽神 Horus，它飛經書中的公寓，投下十字形的陰影，攫取了小說中少女的性命。以「金鳥」代「鳶鳥」是希望儘量照顧到原文的用意。

❻ 孜孜於理想的設計，畢宇鐸赫認爲這本處女作有其不足之處。但許多自發性較強的文學作品，往往帶給我們更多的東西。

❼ 問題是，我們不能在這篇介紹裏節外生枝，深入說明。

在形式上，這本小說是他作品中比較簡單的。從空間問題來看，小說架構在一個多層的公寓樓房上。（這些重疊而居的各戶人家，不但因爲空間的原因而分隔開來，還有其他的原因，如社會階層、經濟狀況……而且住在一個樓房裏，不免彼此妨礙。所以各戶人家之間，有一股互相排斥的力量。）時間上，小說被安排在十二個時辰內，卽由某日晚間起至翌日清晨七時止，每一小時定爲一章。故事的發展，圍繞着其中一戶人家姑娘的二十歲生日舞會的主題，使彼此不甚來往的住戶產生一種趨向一個中心的輻輳的運動。《金烏過道》的形式，主要的似乎是兩個原素的對比或綰結：十二個時辰和多層公寓空間的綰結；排斥力和趨向力的對比。而在書寫的層次上，則又是庸俗（有時達到惡俗的地步）和詩的語言的對比。

透過二十歲生日舞會，這相當於成人禮的舞會使女主角的這一戶人家具有特殊的重要性。整本小說向一個中心作輻輳式的運動，這種形式可以說是最爲廣泛使用的。《水滸傳》中的忠義堂，《紅樓夢》中的大觀園，都起着這樣的作用。然而，在時間和空間的搭配結合，使時間與空間成重要的結構單元，則是畢宇鐸赫相當獨特的組織基本手法。在《金烏過道》裏，這是一個雛形。「我和大多數的作家一樣，在第一本書裏設法把所有的東西都裝進去。所以如在這本書裏找到後來作品的胚芽也是完全正常的。」畢宇鐸赫說❽。

❽ 同❷頁四八。

他在時間與空間上最具代表性的作品，當然是《時間分配》。小說裏的主要人物霞克・赫魏爾（Jacques Revel）在一個虛構的英國城市貝勒斯騰（Bleston）住了一年。他決心要把這一段生活用日記方式記錄下來。這位名叫霞克・赫魏爾的人是十月到的，但他等到翌年五月才動筆寫，寫到九月份爲止。全書分五部：第一部記述一個月內發生的事，第二部記兩個月內發生的事，如此遞增，到第五部記的是五個月內發生的事。

在第一部內，他記述的是上一年十月的事，只有一條敘事線，後來他發現，除了補敘以前的事以外，最好把當月的事也記下來，所以在第二部內，他記述了上一年的十一月和當月（也就是六月）的事。這裏就有了兩條敘事線。不久，他自問爲什麼要記述，是什麼力量促使他提筆的。他不得不回溯，追求答案。他便由動筆的那一點起（即五月）開始倒敘。於是，在第三部內，除了追述上一年十二月和當月（七

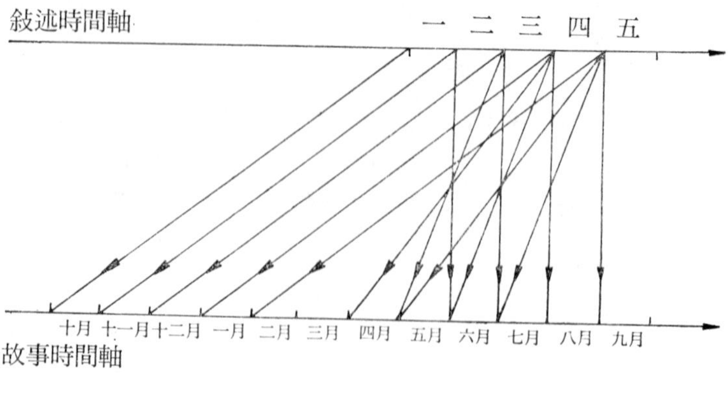

月）的事外，加上了第三條敍事線。接下去，他發覺，他敍述的結果，使他的回憶起了變化，使他改變了對過去所敍述的事物的看法(這一點正符合他的論點：工具可以豐富內容)。他於是重新再敍述一遍他已敍述過的；於是在第四部裏，就有了四條敍事線。爲了更進一步地揭露事實，他在第五部裏，除了上述四條敍事線，又用逆時序的方式，把已敍述過的再說一遍。至此，敍事線在最後一部裏有五條；而且有五個方向：第一個向其在貝勒斯騰的最後這一段時間，另外兩個匯向一個日期，再另外兩個指向另外一個日期。

這樣，我們可以看到故事的時間軸和敍述的時間軸雙軸平行。(圖表見上頁)⑨

由於時間分配不够，故事停在二月底，他必須離英。赫魏爾寫到那兒，對二月底及三月間發生的事記憶越來越不明確，只好喒然離開，造成故事的悲劇性。

上面這井然的秩序，據畢宇鐸赫自己的解釋，是由「卡儂」(canon)的音樂結構得來的靈感。他研究了「卡儂」的種種形式，發現其中一種形式最有意思，那就是當樂調重複出現時並不是一模一樣，而是倒過來的。

他最廣爲人讀的，也是「新小說」中最爲人知的小說之一，便是《時過境遷》。小說中

⑨ 以上各節參見：J. Ricardou, *Problèmes du nouveouroman*, Paris: Seuil〔coll. "Tel Quel"〕1967. pp. 161-163.

的人物戴爾蒙（Delmont）由巴黎坐火車赴羅馬，原來是想把羅馬的情婦帶回巴黎，作長遠的打算。但在二十一小時又三十五分鐘時間內，時空轉移之下，羅馬的情婦的愛情一次一次展露在他的眼前。他最後不得不承認，他的愛是凝結在以羅馬爲背景的空間裏，他們之間的愛情回到巴黎來是沒有前途的，所以他遂打消初衷。由於他心中明白，他們在羅馬偷偷摸摸的愛情實際上也已達到了女方能忍受的限度，如不能有所解決，分手是必然的。他唯有嗒然回到他乏味的妻子的身邊，繼續他乏味的打字機代銷的工作吧。

這本小說在形式上有一個基本的弔詭，應該說明。戴爾蒙在火車中經歷了長時間的反省，得出一個虎頭蛇尾的結局，絕望之餘決定要把這一切寫下來。所以根據這一個決定，《時過境遷》應該是他抵羅馬之後在旅館中寫出來的，但，我們卻捧在手中正讀着了。

和他的其他小說一樣，時間和空間的縮結是這本小說的重要結構之一。由巴黎坐火車到羅馬的二十一個小時三十五分鐘內走了一千幾百公里。在這一段時間內，作者藉着戴爾蒙的回憶，切入他過去十次在這同一條鐵路線上的旅行：最早的在一九三八年（差不多十七年前）的春天，最近的一次是上個星期。回憶並不按時間的次序進行而旅行的方向也不同，有的是由巴黎向羅馬，有的是從羅馬到巴黎。除了過去的旅行回憶，作者還揷入戴爾蒙對將來的設想：當他抵達羅馬後他情婦的驚喜等等……。所以在這進行中的時空縮結的架構上，垂直地重疊着別的時空縮結。然而，被視爲「新小說」，它還有幾個特點。

我們所熟悉的小說，竭力要把情節弄得儘量逼眞。故事開頭到故事結尾，所敍述的一定是一個有重大意義的變化，變化的過程合情合理，讓讀者信服，讓讀者感動。

有趣的是《時過境遷》重疊的時空的架構，爲我們造成的卻根本上是一個虛構。對讀者而言，一個叫戴爾蒙的人在巴黎踏進了一節火車的一個車廂，而在羅馬離開這間車廂。在這一進一出之間，彷彿發生了一些事。可是仔細一想，終究有點空幻不實。第一是男主角戴爾蒙的內心獨白（意識流）在他進入車廂之前應早就開始了的，他跨出車廂後是否會繼續，誰也不敢肯定。他一旦脫離了我們的視線，大有可能立刻奔赴他情婦的懷中。除了上面這原因外，《時過境遷》又營造着虛實互映的氣氛。在火車中，某些描寫，如時間表的正確性、車廂內外實物的呈現，都是實描，但對車廂內乘客的描寫，卻又完全是虛描。對同車廂上上下下的乘客，戴爾蒙根據他們的外型，任意爲他們取名字，配婚姻，想像種種狀況。讀者雖抱着與小說家合作的態度，接受他的隨意的描寫，但很快就會被提醒，這一切都是戴爾蒙的想像。（在這想像中，戴爾蒙又往往自我否定，破壞其完整和可靠，揷入下面這樣的句子：「誰說過這人眞是羅馬來的呢？」「也許這位並不是寡婦呢。」）所以從情節上來看，戴爾蒙進車廂時和出車廂後，事實上毫無實質的變化，當然也難以說具有眞正的情節了。

至於人物，在這裏也是虛的。我們所熟悉的小說裏的主要人物不但肉體上的描繪很著力，我們也會知道他的出身、孩提時的種種、他的缺點與優點。然而，在《時過境遷》中，戴爾蒙到底是個什麼長相，根本沒有提及；出身及成長的過程，都不知道。我們只感到由他身中通過的一波波的形象和念頭。而這些形象和念頭，並不像我們所熟悉的小說中那樣，產生於一種意志、渴望、衝突。在《時過境遷》裏，它們往往由視覺的聯想所引發，有時戴爾蒙賦予一個象徵的意義。比如，他在不同的旅客身上看到自己和自己的家人。戴爾蒙把自己和外界的人混爲一人，他的家人和他們的情婦也在這種混同中逐漸失去了個人性。

非常特別的一點是，這本小說是用第二人稱寫的。開始是這樣的：

您把腳踏在銅槽上，右肩徒然地試着把滑門再推開一點。

整本小說除偶然極少的情況滑向第一人稱外，都是用第二人稱「您」來敍述。對於小說中人稱的使用，畢宇鐸赫曾作過討論。他認爲當一個人無法用第一人稱，或別人禁止他敍述自己的故事時，會發生使用到第二人稱的情況。比如說在偵查庭上，法官會使用這樣的方式問案子：「您是×點鐘從工作的地方回家的，根據我們收到證據，知道您是在×點鐘離開家的。這一段時間內，您做了什麼？」如果當事人對自己的一切知道得很清楚，也不拒絕說，那麼當然就會用第一人稱回答。所以第二人稱是要從這個人口中逼出話來的情況下才使用的：也許這個人撒謊，瞞着我們什麼；也許他對一些情況連自己也不十分清楚，或者雖然知道卻說不清楚。畢宇鐸赫的結論是，第二人稱最有利於逐漸揭示一個人的自覺❿。

可是第二人稱在一整本小說中使用下來（《時過境遷》有三百來頁），會產生另外一個效果，那就是使讀者感到小說家衝着他說。讀者當然也知道書中人物不是自己，不免會有彷彿是對著鏡子裏一個被描寫的人物的感覺，甚至漸漸地認同了戴爾蒙的種種：這人生失敗的感覺誰能不分享呢。戴爾蒙作爲一個小說人物於是竟不存在了。

從上面的這幾點來看，《時過境遷》固然在表面上給人以「傳統」小說的印象⓫，不會讓許多讀者感到不知所云而無法終卷。實際上爲小說的形式帶來了許多新的可能，可以說是「實驗室」中開發出來的一個成果。

---

❿ M. BUTOR, *Répertoire II*, Paris: Minuit, 1964, p. 62-71。

⓫ 在六〇年代，所謂「傳統小說」是「新小說」派所給的一個含有貶意的稱呼。有人認爲，這稱呼根本就是「新小說」派人士所「冊封」而後「打倒」的一個不存在的陰魂。這樣做的目的是爲「新小說」打江山。（J. BERZANI, *La Littérature en France de 1945 à 1968*. Pairs: Bordas, 1982. p. 291）。

附錄之一：

語言與文學

◎米歇爾・畢宇鐸赫
（Michel BUTOR）

我們可以用非常籠統的方式來使用「語言」這個字。我們可以談論「音樂的語言」或是「繪畫的語言」。但是今天我要取「語言」狹義的層面來作一番探討，也就是各地不同的語言：日語、英語、法語……。

當我們旅行的時候，常常會因著語言上的障礙而停下腳步。一個去到日本的法國人會因爲兩國語言之間深刻的差異而在當地遇到極大的困難。我們也夢想著會有一個環境那兒單單存在一種語言，這對於我們彼此瞭解可能有很大的幫助。在基督教界我們描述到巴別塔（BABEL）的故事。根據《聖經》的記載，從前所有的人類都操同一種語言。膽大包天，這羣人竟想建造一座上達天庭的巨塔。這時候上帝一面擔憂著，一面也就發出一個備受矚目的宣告：「看看人類就快要變得和我們平起平坐了」這是因爲如果巴別塔這麼一造，人類就會變成與上帝同等。上帝爲了堅守祂的特權，就使用了我們所謂的變亂口音來處罰人類。於是就在人們正建造這座共同且壯麗的巨塔之同時，便失去了相互理解的能力了。從那時起，人們不再只是使用一個共同的語言，而是有各種不同、無數的語言。於是人類分散到各地，並且從此不再做到眞正的彼此瞭解。作家非常依賴他寫作時所使用的語言。首先，以法語寫作的作家可能比起用中文或者英語的某位作家所擁有的讀者羣來得少。因此甚至基於經濟的緣故，多數法國作家都會希望重返昔日巴別塔的時代。然而是否我們都已作好準備說同一種語言呢？

今天，世界上大部分的國家都使用英語來作爲相互溝通的工具；特別是英語儼然已成爲科學的語言。學者們，不論他們出身何處，最常使用英語來出版他們的研究成果。同樣地在英語系國家當中，人們有一種傾向，認爲全世界的人不僅僅必須學習英語，還得忘記其它的語言。

這種看法特別是在美國最爲普遍，而美國這個由移民組成的國家，事實上也只有一部分的移民最初是以英語爲本源。義大利人和希臘人要想生存就被迫得以最可能的快速進度學會英語。這是如此攸關生死的要求，以致在許多家庭當中造成了一種對於本國語的強烈否決。這就是我們所謂的第三代現象。

在十九世紀期間或是二十世紀初期，移民往往在學英語一事上感到困難重重，就這樣他們還是在自己家中繼續說義大利文或是希臘文。他們的孩子則有一種傾向就是只講英文，但是由於長輩們在家裏使用的是另一種語言，他們也就順理成章地學了起來，卽使他們壓根兒就不想使用這個語言。由於本國語被視爲各種困難的根源，他們也就試著加以掩飾，並漸漸減少使用的機會。因此這些移民的孫子，也就是所謂的第三代就再也沒有機會在家中聽到他們的祖先所使用的語言，卽使有時候在祖父母家聽到本國語，他們也會一勁兒往腦後扔掉。這種狀況只有好奇心來到的時候才會改觀。這些曾孫輩知道他們的長輩是來自義大利或者希臘，他們渴望認識這些幾乎成了傳說中的國家，於是這又促使他們去重學那已喪失了的本國語。那些有相當困難把英語變成自己語言的，或是那些對父母在這方面的困難記憶猶新的，都希望其他的人也同他們一樣把英語變成自己的語言。他們已經看到了英語在美國內部成爲所有早他們而來的民族的語言，是故他們也就有一種傾向，相信這個現象將會普及到全世界。我們必須承認的就是，有許多的表象足以讓人相信，在這方向的演變的確相當深化了。

但是首先基於民族主義的理由，其它的語言，會起而抵制英語。因此日語就成了一個防禦堡壘，用來抵制那些不够含蓄的外國人。我們知道日本語言和文字對西方人是如此困難，使日本工商界佔了不少便宜。在商務會談當中，日本人幾乎總是有利可得，如果他有能力用英語來表達，而且又不比與他對談的法國人來得差，一邊他又能够與自己這方的同事以一種像是密碼的語言來交談。

今日歐洲的一個問題，就是抵制美國在經濟上的操縱和優勢地位。如果歐洲統一了，不是因爲歐洲的民族有這樣的渴望。事實上每一個個體的成長過程中，在學校裏都有人教導他們說自己的民族性是一等的，而且祖先沿襲下來的世敵他們必須時時防備著；今日的法國孩子還學習必須當心德國人、英國人和義大利人。

同樣地，法國人在選舉的政見發表中也不輕易承認「歐洲」的必要性。幾年以來所有法國的政治演說的中心主題，不外乎法國的強盛和獨立自主。由於有外來的壓力，法國的政客這才慢慢地將歐洲納進他們的政綱範圍內。唯有那些經常旅行的法國人才會考慮歐洲團體的必要；其他的人則對這一無察知。

歐洲的各機構之間必須善用一些共通的語言來彼此交流。英國人認爲只要一個共同的語言就夠了，而且既然英語幾乎已具有這般氣勢，當然這個通用語非英語莫屬。而此正是其它歐洲國家持以反對的理由，認爲今日英語莫非是美語，尤其經濟範疇的美語。而促使歐洲同盟形成的原因就是美國經濟的威脅；接受他們的語言等於自毁長城。

於是法國人宣告說：「我們有世界上最明晰的語言，不久之前法語還是外交語言，爲什麼不再回復這個對我們如此有利的景況？但是顯然只有在法國的人民才會自以爲法語能夠成爲全歐洲機構的唯一共通語言。法國人的那套想法成了其它民族開不完的玩笑主題。

唯一的解決之道就是保存所有的語言並且加以使用；但是這麼一來就引發出相當的困難和糾紛，以致歐洲機構仍未能成功地眞正提出問題所在。在歐洲還有太多的活語言是人們可能永遠都不會用得上的；因此讓其它語言來替換某些語言也是必要的。這就是爲什麼今日我們使用了各民族的語言，但是依照慣例還是有某些語言被視爲工作語言。問題顯然就是要知道哪些語言會享有這個特權。

在聯合國作爲溝通媒介的語言是英語、中文、俄語和法語，這一直都是引發討論的焦點。因此在中共長期未出席聯合國的情況之下，中文原先只是福爾摩沙（Formose，西方人加給臺灣的別號）的語言，而且還差點被廢除媒介語言的身份。今日這個問題則以完全不同的方式給提出來。

各國保存自己語言的結果，使那些作爲溝通媒介的語言必須日益對所謂的次要語言加以重視。不久的將來，挪威人將不肯接受以德語或法語作爲會議語言，除非德國人或法國人也相對於挪威語作一些讓步。

只有歐洲的每一個國家都從初級學校開始對歷史教育做徹底的改革的條件下，才會有「大歐洲」，這大歐洲才會維持於不墜。改革始自初級學校的原因是，孩童在這時期就奠立了對異國的認識和基本形象：法國人眼中的德國人如此；德國人眼中的義大利人這般。現今的教育方式並不容許一九九二年的歐洲得以適切地運行各樣事務。這實在是極爲刻不容緩的事情，但是在這麼些不同的國家當中卻仍然沒有半個針對這項教育改革的可靠計畫。

在大學界需要有一個法學教育的改變；在各級學校則需有一個語言教育的變革。如果我們想要有相當多的挪威年輕人學習法語，那麼就得要有一些法國年輕人也學會挪威語。

但是我們不能只是停留在國家語言之上。在許多國家境內，人們使用好幾種語言，即使其中只有一種語言視爲官方用語。法國這個中央集權的國家已盡極大的努力來做語言統一的工作，這是一個有效率的政府所採行的辦法。精通官方認可且強制遵行的語言的人，常比那不懂這個語言的人更立於優勢。當巴黎雅緻地區的語言成了國家語言的時候，巴黎的權威也就因而大大地鞏固了。對於巴黎而言，外省口音是很滑稽可笑的，因此嘗試把這口音蓋住，用儘可能接近巴黎的口音說話。

不算很久以前法國流通好幾種語言，其中有幾種眞與法文差距甚大。法國政府在十九世紀和二十世紀上半期不斷打擊這些語言。孩童進初級學校就學的時候就禁止他們使用這些語言，在這個時候這些語言就逐漸消滅了。布列塔尼的大學傳授布列塔尼語還是這幾年才有的事，布列塔尼語幾乎已遭廢棄，是可以想見的，今日除了幾位語言專家之外，也只有年紀非常大的才會說布列塔尼語。同樣的過程也漸漸地把巴斯克語（basque）、亞爾薩斯語（alsacien）、普羅旺斯方言（provençal）和尼薩爾語（nissard）給消滅了。唯獨科西嘉語（corse）還留著幾分生命力。從這點很明顯可以看得出科西嘉島給法國政策所帶來的許多難題了。

即使巴斯克語在法國只成了回憶，在西班牙還是有人大量地使用這個語言；在西班牙由加泰隆尼亞語所引發的問題已經隨著佛朗哥政體的覆滅而得著完滿的解決。羅曼語（romane）有非常大的文學價值，使用這個語言的人口比起許多自主國家的人口還要多。但是在佛朗哥將軍的時代，羅曼語是禁止使用的，不單單在課堂上不准使用，連公共場所也是一樣。在巴塞隆納的咖啡館內被撞見說加泰隆尼亞語的人可能單單爲了這個理由而遭到逮捕。

就在這個致命的政體覆滅之前，我曾參與過一項國際文學獎的評審委員會。這個文學獎這幾年來已經消逝無踪，然而起初舉辦這項獎的地點是西班牙，而且還顯示出其與政體明確對峙的立場。這項文學獎之後幾年必定是在其它國家舉辦的。這個獎是由若干個國家的出版商聯合提供的。當時與會的出版商有來自西班牙、美國、義大利、英國、挪威、瑞典、丹麥和法國的代表。我記得當時的一次會議當中，幾位西班牙人提名一位加泰隆尼亞作者時，丹麥出版商很冒失地說了一句話：「我們對於鄉下語言不會感興趣。」在場的加泰隆尼亞人站起來反駁他說：「先生，您的國家能自挪威脫離出來好幾年，是您的運氣好。我們的運氣差，只得在一個禁止使用我們自己語言的政體之下苟活，但是您應該知道的是，說和讀加泰隆尼亞語的人可是比讀丹麥語的人多上四、五倍以上。撇開政治生活的風險不說，特別拿丹麥語來說，儘管有偉大的作家羣，其中安德生（Andersen）和齊克果（Kierkegaard）應該被當作是操鄉下語言的作家才是。試想，如果這裏有比利時的出版家在座，竟有人把弗德勒語當作鄉下語言來談論，他會氣成什麼樣子。」

今日歐洲面臨的問題並不僅止於國家語言的問題，而逐漸是那些事實上是「母語」而且確實有人使用的語言所引發的問題。實際上我們可以說語言是孕育我們生命的子宮或是腹部。構成我們最先觀念的是語言，帶給我們一切，讓我們感到毫不成問題。所有一切看似不言而喻的事物，事實上就是在語言之中。當我們剝奪了某個人的母語，或是當我們禁止他說自己母語的時候，我們是把他變成一個殘廢的人。而我們強迫他說的語言將一直被他視爲假的、不自然的語言。他永遠也不會有感覺要把它說得完美。在他的思想或者想像當中，對他而言將會一直有個矛盾介於似乎是與生俱來的以及他所被迫表達的方式之間。當我們禁止一種語言，即使採用溫和的方式，我們都是深深地傷害了以這語言爲生之源頭的人們。

語言的多元性是根絕不了的。因此我們必須深入語言多元的內部思考並研究。這對於上一代到我這一代的人們而言，是難以承認的事情。我的父母親或是祖父母親確實有感受到連結著語言和人格的親密關聯，但是他們從中做出的結論就是學習別國的語言必定是危險的。我自己本身曾經在不同的國家教授法語，而且目睹了許多暫時定居他國的法國人完全拒絕學一點當地的語言，說是如果學了本地的語言，對本地人沒有什麼大好處，因爲法國人所能做最有用的事情就是逼使當地人說法語。甚至有人以一種表面上看來是科學的話來宣稱同時使用兩種語言會引發一些精神上的不適。

愈來愈多人迫不得已而同時使用兩種語言；因此我們必須協調這種不適，並轉換成爲好處。巴別塔語言的變亂確實造成許多的不幸，但是我們不能再視之爲一種懲罰；實際上有極大的利益是由此產生的。語言的多樣多數帶給我們極可觀的寶庫，因爲每個語言都是一個不同的世界。

每一種語言都是對眞理的一個不同的接近。我們的人格是源自一個或者好幾個語言的內部，而整個文學則形成於變革中的一個或好幾個語言的內涵。莎士比亞的作品固然卓越，但是它不可能只源自英文，應該是源自更豐富多采的世界。

我們開始覺察到自己正相當嚴重地破壞我們的環境。許多非常珍貴美麗的動物種類一個接著一個地消失了。就在這些動物快要絕跡的時候，我們試著讓牠們在動物園裏面繁殖；我們號召一些廣告公司做廣告，拯救小貓熊。誠然當一種動物絕跡的時候，我們的損失是很大的；但是當一種人類的語言消失的時候，我們所失去的是與我們關係更爲密切的東西。今日有多種語言在我們能夠以嚴肅的態度去硏究之前就面臨了滅跡的景況。

因此我們必須保存語言的多樣多數，不只是從一個國家延續到另一個國家，還得在每個國家的內部以及每一個個體的心中維持語言的多樣多數。當我們一開始作稍有智慧的旅行，我們就學一點所到之國語言的皮毛。卽使這麼做還是膚淺的表面功夫，但至少如此行會帶給我們一些新的語言工具。

作家常常會嫉妒其他的藝術家，因爲在他的印象中藝術是沒有語言上的障礙。我們常說音樂或者繪畫是世界通用的。把這兩種藝術歸在可以被稱爲語言的範圍內實在是妄想。我們一點一點兒地學習聆聽不同的音樂、賞析不同的畫作，這當中的界限並不相同而且有待克服的障礙通常也是容易得多，卽使有些作品會讓我們感到有理解上的困難，我們也不會在這些藝術領域中有實際的翻譯上的問題。

翻譯是今日文學的一項主要構成部分。我曾經寫過好幾本書，而且我也有幸見到其中幾本給譯成好幾種語言。我盼望我的著作能有更多的譯本：我衷心希望這只是個開始，而這對我而言早已是不可或缺的。在我的一本著作出現第一部譯版的時候，我想是德文譯本吧，當時我有一種勝利的感覺；確實有一些東西開了頭；透過翻譯我開始探索這個世界，甚至探索了我的譯者，因爲我沒有能力翻譯自己的作品，而且我熟悉的語言很少；即使精通兩種語言的人要翻譯他自己的文章也會有困難。母語是英文的撒繆爾・貝克特（Samuel Beckett）也用法語來寫作，他的法文和英文的能力同樣都令人讚賞。這位出身愛爾蘭的作家對英語是又愛又憎，但對於愛爾蘭語則一竅不通，這也是幼年時期就被剝奪了自己眞正母語的例子。能將自己的作品英法互譯這樣的機會多好哇！然而貝克特卻從不曾這麼做過。他寧可請朋友爲他翻譯。因爲作者感到，文本與語言密不可分，如自己來翻譯，勢必非全部改寫。不如由他人翻譯，反而必須尊重原著，我們總是感到，別人的作品我們無權改寫。

翻譯很自然地包含著合作的意味。好的譯者會與原作者培養出一種自然若家人的親密關係。我們可以把這方面的批評分三個等級來討論：

最差一等的就是新聞記者，他通常談論卽將出爐的書卻對該書一無所知，事前根本沒有花時間閱讀或者瞭解。

其次是許多評論家，他們已經讀懂作品，而且瞭解透徹，但是他們只道出我已經知道的部分，並不帶給我絲毫收穫。

最好一等的就是揭露我的著作中我所未知之處的人。這是偉大的批評家；他通常帶給我許多新觀念。我不知道我怎麼做才能向他表白謝意。

好的譯者就是像這樣的批評家，但達到更深層次。他必須帶給文章一些新而深入的東西：即他的語言，而他的語言和原文距離越遠越好。他因此必須從自己的語言起始來查考原文，同時探索連作者本身猶仍未知的各個層面。有些譯者比我更透徹地瞭解我的一些作品，因爲我早已忘了這些作品；而這些譯者在我的作品中投注不同的亮光使我發現自己未曾察覺的隱密處和章節。

對我而言，譯者象徵著一種和眞理之間無可取代的關係。爲了能夠稍微地體驗一下這種探索，我自己也曾試著做一些翻譯，但是我從不敢翻譯在世作家的著作。

通常人們都認爲我的著作難懂。有一天一位翻譯我作品的德籍譯者告訴我：「當您提筆寫作的時候要稍微爲我們著想一下，因爲有的時候那確實是太難了。」但是如果我寫些文章是爲了使譯成德文的時候不會有太大的困難，那麼這絕對改變不了譯成日文時將會面對的困難。

清水澈（Shimizu Toru）曾把我的幾本書譯成日語，其中包括《時過境遷》（*La Modification*）。有一天清水澈來到巴黎，就在當時正好一位來自上海的中國女士也前來此地出版《時過境遷》的中文譯本，遂問我他願不願與她會面。他肯定地告訴我他很樂於見她一面，同時也倒退了幾步，說道：「但是這樣一本書怎麼能夠譯成中文呢？」我告訴他說：「但是您不也把它譯成日文而且還譯得很好啊！」他回答說：「啊！這實在不可同日而語；日語當中有一些時態是……」。我對中文一竅不通，但是我確信中文必定也含有某些時態是能使某些段落比譯成日語的時候更容易處理的。這也就是爲什麼我寧可不嘗試減輕我的譯者們的工作，卻反而努力地利用法語的全部特徵性來寫作，並盡可能地挖掘法語特徵的一切可能性。

因此和大部分我只認識一點點的現今語言比較起來，法語的一個特徵就是它有奇特而成套的動詞時態和型式，其動詞變位的功能是用來標明時間的連續性。對外國人來說，學習一個像法文這樣的語言必定是非常困難的，而且這是何等不可思議的事！雖然如此我也不想讓任何一個法文動詞的型式日漸退化。

過去我們對法國的年輕人教很多文法，但是這只是針對法國人合用的法語文法。在我一開始到一些國家教授法語的時候，當地的語言使我對自己的語言提出一些質疑並且一方面強迫我重新學習自己的語言，另一方面也使我稍從外在的角度來看自己的語言。

譯者不得不從他自己的語言中找出門路來重述法文以一種特別自然且簡易的方式表達出來的東西。因此他必得要改變自己的語言。一個偉大的譯者是一個創造者；而且更因爲他越忠於原著，他就越算得上是一個偉大的創造者。

我們可以透過比較口語中的習慣用語來研究作家的語言。作家向來只使用某些登錄在字典上的字彙，而很少使用會話中常用的字眼，甚至還變換前者重複使用的次數。

我們可以把一年當中出現過的報紙拿來研究，然後我們會看見這個字被用過一百次，那個字被用過五千次，某些字則只出現過一次。同樣地每個作家都有他自己專有的語彙以及他特有的普通語彙的出現次數，這可以和許多其它的因素合併以說明作家寫作風格的特點。譯者創造一個新的文體。因此譯者的工作有點類似作家在他的本國語所做的工作，只不過譯者幾乎是做顛倒的事兒。與其他的人比較起來，作家是在運用自己語言的特性，而譯者則被迫改變自己的語言好強行使用它來闡述那最初所無法表達之物。譯者提供了一個必不可少的改變；他大大地豐富了自己的語言。我們很少給譯者他所應得的尊敬和讚賞。

語言之間彼此不同而且這種狀況必須維持下去。每一種語言都帶有對眞理的不同觀點，雖然如此，每種語言也還必須逐漸地和其它語言的觀點相融合。繼續說日語是應該的，但是能夠變得有能力運用英語或法語的語式來說日語，同樣是有必要的；相同地，能流利地運用日語的特色來說法語，也是應當的。

我們早已習慣使用英語來說法語，但是通常這只是觸到英文字彙的入門，而這些字彙還保留了其奇特之處。特別是科技術語，看起來像是一些試圖漸漸把語言海洋表面覆蓋起來的小島、浮冰，這種現象強烈地顯示出法國之於美國文化的從屬地位。我們法語說到「jet」和「hamburger」，但是要把這些專有名詞譯成法文，則是不可能的事。但是像這樣的殖民化一點也不令人感到滿意。應該不只是能夠使用一些專有名詞而已，還要懂得運用豐富的英文文法和詞組才是。想達到這個目標唯一的可能性，就是要透過高水準的翻譯作品，而且是文學鉅作的譯版。從那時起所有的文化就能以平等的地位來發言，新事物就會因此而產生了。

我們必須讓自己懂得多種語言，並進而使我們的文獻也有多種語言的版本，即使大部分的情況中這些著作還是保有一個基本的語言，其它的語言就是在這個主要的語言當中進行對談。這有一點像是小說裏面敍事者和劇中人物之間關係。

看來這並不是什麼荒謬的事。語言是歷史的結構；文學作品的一個基本面就是使用好幾個歷史階段的語言：透過華麗的修飾和優雅的筆風，甚至已過時的措辭或詞組，文學作品將古典法語（像是我們年幼時求學過程中所學的法語）和今日我們在街道上聽聞的話語結合起來。時間在文學作品中消逝，而文學作品很容易把存在於表面上看來是單一的語言中多種語言的現象突顯出來。

某些語言學院對於語言共時現象有堅決的主張，也就是說，堅持把語言當作局限在某個特定的時間中來研究其現象，這樣的做法，這樣就把語言非常重要的歷時現象（指語言隨著時間發展演變的現象）給遮蔽了。可喜的是，現今的語言學把從前對之有用但今日可能只會造成束縛的一些預設丟棄了。

在文學語言中，我們從一個時期的語言旅行到另一個時期的語言，而且能夠在同一個語言中突顯翻譯的一些現象。對於那只研習今日法語的人而言，中世紀時期的法語是難解難懂的。一般的法文讀者是無法閱讀像《羅蘭之歌》（*La Chanson de Roland*）這樣的著作或是克雷蒂安・德特魯瓦（Chrétien de Troyes）的作品。因此必須有人翻譯才行。但是由於語言的演變持續不斷，要知道我們應該從那個時代的文學作品開始翻譯起是一個困難處。拉伯雷（Rabelais）的作品對今日某些讀者而言是如此地艱澀難懂，以致某些出版家現在出版他的作品時要附帶與原文對照的法文譯文。這整個是一系列的：翻譯、注解、評論。

在古典文學中我們常會有一些歷史的語言現象。這使我想到日語中存在的中文，法語中存在著的拉丁文和希臘文。讓我們來看看那位被視爲法語作家中的法語作家，以及以最奇特的方式使用純古法文的作家：蒙田（Montaigne）。蒙田的著作內充滿了拉丁文、希臘文和義大利文的引文，而且這些引文還會隨著系列版本不斷加增。語言就在這些版本中互玩耍著。

拉丁文視爲法語的語源（母語）。在所謂的「母」語背後還有「祖母」語，拉丁文和希臘文；義大利文則有點像是法語的「姑媽」。我們並不只是在一個語言中進行研究，而是在整個的語言家族當中做研究。從十八世紀開始，法語在歐洲開始扮演一個有點類似從前義大利文和拉丁文所扮演的角色。英語有兩個基本的階層：一個是德語階層，撒克遜語（saxon）；另一個是法語階層，諾曼第語（normand）。某些作家善於使用後者的詞彙，因此會成功地常常寫出有拉丁文或法文味道的英文。從這個角度來看，英語是一個比法語更具有靈活度的語言，而且能給予我們一些學習的功課。

在二十世紀旅行的密度（頻繁度）逐漸加增，不論是爲著生意上的往來或是純粹觀光，總之語言的交流也愈來愈頻繁。有些作家會成爲旅行（現代生活不可或缺的要素）作家。我突然想到了一個作家的名字，就是詹姆斯・卓逸斯（James Joyce，通譯喬艾斯）。有些人說，卓逸斯在《尤里西斯》（*Ulysses*）這本書中竭力使用當前英文字典中所有的字彙；這種看法當然是錯誤的，這本書應該算得上是包含範圍非常廣博的文學作品，但這也確實指出了一個必然的趨勢。我們知道這本書是以英文寫成的敍事作品，敍述愛爾蘭的首都——都柏林的一天。書中不同的章節或插曲都與史詩《奧狄賽》（*L'Odyssée*）中的詩歌緊脈相連。《尤里西斯》這本書，可以說是史詩二十世紀初的文化和語言的翻譯（廣義的）本。在這個廣義的仿版當中，我們可以觀察到各種關於文學作品的謔仿，以及一個地區或一個時代的文風放到另一個地區和時代的應用。每一個章節的風格都不相同，其中的一種文體會透過從中世紀到現代某一羣偉大作家的寫作風格和記敘而追隨英語的演變。

這些定見在卓逸斯的最後一部作品《非內根人的守喪的夜晚》(*Finnegan's Wake*) 中再度出現，而且更加深入。這本書的標題由於涉及的文字遊戲的關係，相當難以譯成法文。"Wake"這個字在英文裏指的是守喪的夜晚。另外有一首著名的愛爾蘭敘事詩用英語來解釋的話，指的是某個名叫非內根 (Finnegan) 的人所寫的一首關於守喪夜晚的詩，題名爲〈非內根的守喪夜晚〉(Finnegan's Wake)。卓逸斯取消了標點符號而把專有名詞變成了複數名詞，因此整個含意又變成了非內根人守夜或非內根人甦醒了。於是這就成了擺脫英國佔領的傳統愛爾蘭的覺醒，透過這本著作卓逸斯引進英文一些源自其它各種語言，愛爾蘭語（當然優先考慮）、法語、義大利文、拉丁文等的字彙，而且他也經常在各語言當中用同音異義詞來進行文字遊戲。這當然造成了閱讀上很大的困難，但是每個讀者根據自己的文化都會找著解決閱讀困難不同的途徑。那源自義大利文的人首先會辨認義大利的字彙和詞組；法國人則辨認那源自法語的字彙。對同樣的讀者書中的記事會一次一次改換。這是一部亂攢亂動的活作品，在文中一切都在我們的眼前移動，而意味則不斷加增。

這本書使用了歐洲非常有名的傳奇故事來構思，以致我們經常可以從中得到一點收穫，只不過這些故事的敘述方式一直在改變。這個決定性的試驗是在多種語言當中進行。這本書誠然不是在各種語言中記述，而是在一個變得能够逐漸採用一切源自其它語言之字彙的英語中。

撒繆爾・貝克特是愛爾蘭人，而他的母語是英語。英語是一個母親，但卻是一個同時受愛受憎的壞母親，也就是後母。當貝克特開始用法語來寫作的時候，他倔強地使用了相當有限的詞彙，流亡者貧乏的語言最是適合用在敘述可憐人的故事以及那不斷在說話卻從未能說出心中所想的人的不幸。貝克特可算得上卓逸斯的一個類型的學生，此外他也曾參與《菲內根人守夜》一書初試法文譯版中一個段落的翻譯工作。對卓逸斯而言，英語也是「後母」語言。現今的愛爾蘭人說的是英語，但是官方用語卻是幾乎不再有人使用的愛爾蘭語。語言佔領尾隨在政治佔領之後而至。基於反抗或者報復的心態，卓逸斯希望自己的英語說得比英國人還要好；理想的辦法就是成功地叫英國人對於把自己的語言強加在別人身上，而自己卻對本國語無知不懂的表現感到羞愧。這是那些對於母語有著困擾的人常有的態度。

關於這個非常特有的一種類型的人，在法國也有一個像這樣的例子，就是阿波利內爾（Apollinaire）。這位我們稱爲紀堯姆・阿波利內爾（Guillaume APOLLINAIRE）的作家有個波蘭籍的母親；沒有人知道他父親到底是誰；他自己大部分的時候也不很清楚。他的母親對德意志帝國非常之讚賞，對我們這位詩人來說，把威廉這個名字換成同義法文字紀堯姆，然後把姓換成具有法語形式的名字阿波利內爾——聖人的名字，同時也是太陽的名字阿羅。

這股選擇法語作爲名字抵抗德語的意願，解釋了阿波利內爾在其文集《美的文字》（*Calligrammes*，一九一四年戰後就出版）中所表達的某種愛國心（在我們看來這種心思是過時的）。在一次世界大戰初，由於阿波利內爾只不過是長久以來用法語寫作，所以當時他並不具有法國國籍，而且必定是加入其它國家的軍團。他是在戰爭結束時才取得法國的國籍，也就是臨死之前取得的。

法文對他來說象徵著一種被禁的樂園。他絕對要證明自己有法語寫作的權利，因此他花了許多時間在法國國立圖書館，爲的是閱讀一些中世紀的作品，透過法國的歷史和各地區的特色來瞭解法語。他特別對一個現今在比利時的地區感興趣。這個地區界於馬耳梅地（Malmédy）和維爾維也（Verviers）之間，從前屬於普魯士王國的一部分。在這個屬於德國的地區中人們說一種非常饒有趣味的法國方言——瓦隆語（wallon）。這個語言是阿波利內爾欲適應並採用來寫作一本他最美的小說的工具。

由於我們都有感覺，當我們讀《非內根人守夜》這本書我們就有一種傾向錯誤地把這個部分看作是不堪卒讀的並且將之丟棄一旁。但是這只不過是用比較明顯的方式把一個非常普遍的現象顯明了。在一部作品中總是會有一些字或者語態是我們所不明白的，特別是如果我們讀的是外國語言寫成的書。我們從文中抽取一部分自己已懂的段落章節，另一部分則始終沒搞懂。然而特別在一段時間過後，那原先是明顯易懂而我們覺得沒有必要多說的部分，也變得完全不是這麼一回事了。

因此在福樓貝（Flaubert）的著作中無論哪一頁總會有一些字不是或者不再是現時語言的一部分，而且我們當中大部分的人在直到有人對這個主題下功夫研究或是做一些專門研究之前都不會瞭解的。加上注解的版本大體來說對我們都有幫助，但是常常叫人失望；因爲這些版本解釋的部分都是我們已經理解的，對其它許多地方則不做任何處理。誠然這上下文通常指導我們廣泛的含意。我們知道那一個專有名詞意味著汽車或者魚。我們並不眞正知道的地方，我們就跳過去。當另一種釋讀或者使我們感受到有知道更多的需要時，我們會查詢一本或者好幾本字典，或許會從中發現一些不曾懷疑，且被快速瀏覽所遮蔽的寶藏。

我們或多或少讀進了一些字彙。如果我們不賦予作品的價值極大，通常會跳過整個段落。有些地方的結構是如此乏味以致我們知道可以免去不讀。我們在頁數上選擇自己的閱讀路線；在各細節部分跑來跑去。甚至一旦試著仔細閱讀的時候，有一些動盪起伏攪擾我們的注意力，以致當我們準備課程的時候（舉例來說），我們會在已經讀過二十遍的作品上又發現了新的東西；有一些是仔細讀過卻忘掉的，但是還有的部分則是從未注意過的。這就使這些事物顯出其重要性的，是我們自己的批評性的思考，我們的閱讀方式和我們的寫作。

上面這一點是普遍的眞理。（試譯）如果我們今天找簡易的讀本，進而也就是說僅僅研讀最一目了然、不言而喻而且不需任何解釋的部分，那麼我們很快會墮入誤解和遺忘。舉例來說，爲了描述一個人物，我大可以比諸今日最出名的某位搖滾樂紅人，某位電影明星或是某個電視播報員。但是這些今日紅極一時的人在十年之內，或許更早也說不定；很可能被大眾忘得一乾二淨。我們的生活環境塞滿了廣告，某些大型公司的商標就是最方便做爲參考的標誌。我們把約會訂在像 Sony 這樣公司的招牌下面。但是像這樣大型的公司倒閉的時候，我們的參照點也沒了。

與廣告標語相反的是，生活並沒有變得越來越快活。一天到晚別人向我們不斷重複著：「用這個照相機、那種電冰箱、這種洗衣機，……你的生活會輕鬆得多。」關於洗滌衣物這件事來說，洗衣機帶給我們便利或許是眞的，而且這也是値得喝采的一項進步；但是這個征服得來的便利卻導致關係的轉變，這些關係會愈來愈有趣也說不定，但是也會愈來愈困難。

從語言學的觀點來看，生活會因爲技術的日漸精進而變得更加困難。我們的生活環境所容納的物質愈來愈多，而這些都必須好好地加以命名和整理。

我們當中大部分的人至今仍擁有「一」個母語，即使有時候這是「後母」語，甚而愈來愈多的爲人父母者已經說好幾種語言了。孩子們因此在多種複雜的母語和各種語言的交流中出生，這些賦予他們更豐富而且多樣化的人格。漸漸地每一個個體都將擁有一個不同的語言側影。

每一位偉大的作家都有屬於他自己的詞彙和專用的語言，但是他只是那早已存在於任何一個人身上的事實充分表現出來。這個事實正在可觀地發展中。

我們所需要的書是能使翻譯的現象和語錄逐漸扮演了重要的角色。有一些作品是使異國語言有機會得到推廣和解讀，使異國字彙和句型得以傳遞。今日還有那個地方比飛機場還具有特色呢？在這個地方我們聽到各種語言；看到一些語言，通常是好幾種語言，寫成的告示。在飛機場有來自世界上各地區的人在此相會。在等候室、餐廳中，還有前往登機門前必經的狹長通道上，充滿著何等令人吃驚的會話，令人憂慮的事物和奇遇是以何等多的口音、方言和語言的音樂經人敍述出來的！我只能根據我所知的語言來描述一個飛機場，我可以故意學著一點某種語言以便放進我的描述中，藉此自娛。我可以拿起一本芬蘭語的初級課本，然後從中抽出一句芬蘭語放到某個過路此地的人口中；芬蘭語的讀者會馬上懂得這句話的意思，對大部分其他的人這不過是一個神秘的異國語言。

我們來想像有一本書信體的小說，其中有些書信是用日語寫的，其它則用法語或是英語寫成的。那些懂得兩三種語言的人可能會讀完整本書。對其他的則需要一些不同的翻譯。我們的語言處境導致各種文學體裁的下一個徹底的轉變。我們現在正踩在文學的歷史開端。

（陳綺文）

附錄之二：

文學與政治

⊙米歇爾・畢宇鐸赫（Michel BUTOR）

我在二次世界大戰德軍佔領法國期間就開始寫作、構思。當時我身在巴黎；不僅外界發生的事很難探聽得到，就連想了解有關自身過去的事也是一樣難。又因爲缺紙、運轉的工廠、可用的勞工，所以印刷書籍也相當不易。我們所受到的許多限制中，對某些人而言，資訊方面的箝制是讓人感受最深刻的項目之一。

二次世界大戰的結束方式讓法國人感到有些奇怪。二十世紀的兩次大戰，我們的體驗有很大的差異。第一次大戰非常慘烈，當然也讓人感受到那是正面意義的事件。法國人以那幾年自豪；他們覺得一九一八年的勝利眞的是他們的勝利。而在戰後，整個世界有很大的改變。這場大震動，從一些前衛運動的文字與藝術表達出來，其中最重要的就是達達主義（Dada）以及後來的超現實主義。「蓄意破壞」是其特色，卻帶著喜悅；起勁地破壞以便儘快重建得更好的。那時的書名很特別，例如路易阿拉貢（Louis Aragon）幾篇早先的創作叫做《歡愉之火》（*Feu de Joie*）或是《大快活》（*La Graude gaieté*）。

一九三九年二次大戰更加的慘烈；勝利卻不是法國眞正的勝利。法國所謂「光復了」，但慶祝光復和慶祝勝利可完全是兩碼子事。要找個敍說一次大戰戰時回憶的人還算容易，但二次大戰可就難多了。一九四五年後，大多數法國人都努力的儘量去忘掉他們剛度過的極糟的幾年，想把歷史的軌跡重新接回一九三九年，像是從不曾發生過任何事。如此便造成了兩代間態度上的差距，一代是看過一九三九年之前的法國的成人，一代是未曾見識到的孩童。

一九三九年我十三歲，光復後又再回到學校。戰前那段日子似乎離我很遙遠，遠得有點像是路易十四時代。當然我還是記得某些事件、景象。例如，我很淸楚記得小時候給帶去看殖民地展覽，光是這樣的名稱就顯現出那完全是另一個世界。我還記得一九三七年的萬國博覽會，後來視之爲是法國戰前的最後一道光芒。但這些好像都存在於另一個空間，對我們這一代而言，眞正的現實是我們曾經活過的，在那時就是戰爭；尤其是我這一代的知識分子更有如此感受；這也形成了我們和下一代之間很大的不同，因爲他們在戰後出生，從未體認過這場戰爭；雖然大戰的痕迹隨時可見。

我父母口中的法國，並不是我看到的法國，他們使用的字眼，在我們這一代有不同的涵義。鴻溝就在這亂世中劃了下來，這就是爲何一九三九年後的前衛運動和一次大戰後的有完全不同的面貌。

一九一八年後有一種痛快破壞的前衛文化；但在一九四五年後則不再破壞，也沒有樂趣。要是一次大戰在法國造成不少廢墟，但法國在本質上，在世人或自己眼中的形像卻沒有眞正的改變。只是有裂痕，這就是爲什麼有東西可破壞，而又樂於破壞。但我們只確定有堅固的遮風蔽雨之處可住時，毀壞一棟半塌的建築物才有趣。讓一個破破爛爛的東西伴隨震耳欲聾的聲響和衝天的灰塵倒塌下來，是件多過癮的事。之後又平靜的回去睡覺，還是有地方安身。

但一九四五年二次大戰後，我們的父母彷彿覺得沒有什麼重要的事有所改變，至少他們願意相信是這樣，相信那只是一個隨時會醒來的噩夢；但我們卻很明白我們是淸醒的身處在一片傾圮之中，不只是這兒一處，那兒一塊的裂縫，而是傾倒的廢墟。城市徹底毀滅的景象深植在我心中。當時身處轟炸摧毀的城市中，不再有建築可供破壞，一切毀破殆盡，只剩下要淸除的廢墟。因此能否找到可用的東西就很重要了，卽使是極微小的，從前認爲是毫無價値、最普通的日用品，都開始變得不可缺少。

然而一九四五年光復之後的前衛文化帶著晦澀的色彩；這是一次理性的前衛運動，也就是以前說的「淸醒的」。而一九一九年那時是狂熱的，一九四五年的前衛文化是富含哲思，當時的重要人物是哲學教授波爾·薩特（Jean-Paul Sartre）。

比較一下書名的不同吧。從二次大戰前開始，薩特的書名就特意叫人不舒服，如《噁心》（*la Nausée*）、《牆》（*Le Mur*）。戰後他小說的書名也是挺灰色的，如：《理性年代》（*L'Age de Raison*）、《緩刑》（*Le Sursis*）。在我們看來其他大部分的哲學學者和記者都不說眞話；他們說的和我們的經驗不符。相反地，我們只覺得薩特瞭解情況；那時他因灰暗的筆觸而遭到許多批評，我們卻認爲那正是他的長處。其他人試圖呈現給我們一個比眞實世界更美好，由他們製造的假象；薩特則是展現跟我們所見到的一樣艱困、陰暗的世界。這點他很佔優勢，所以我們都信任他。在德軍全面佔領期間，他還能以文學發揮顚覆作用，還能演出幾齣戲討論眞正的問題，居然能逃過當時法德政府嚴苛的查禁。

就這樣，薩特成爲我們那一代的哲學導師，受到我們無上的推崇和信任。這樣的信任卻在一段時間之後，因爲他後來的接二連三的政治參與而瓦解。但在他去世之前，他仍是法國及法國文壇的重要人物之一，他的地位到了某一個時期才有所改變。

我中學時期沒有上過他的哲學課，但同學中有被他教過。而在索邦（Sorbonne）研讀哲學時，我們全都濡沐在他的教誨裏。

我一生中有很多老師，都還不壞。我經常對一些老師感到失望，因爲學生對老師懷有如此高的期待，老師反是沒能達到要求。但我也碰過幾位我很感激的極優秀的老師，薩特是一流的老師。他總是能用最簡潔的方法來闡述非常複雜的問題，讓你感到其複雜性卻又能獲益。在戰後頭幾年，薩特說過一句話：「應該想這個問題、這麼做。」我們並沒有深究他爲何告訴我們這句話就遵從他的教誨。但過了一段時間，薩特和政治的關係變得很不好，致使我們對他不再存有如此的信任。儘管如此，他仍然是傑出的教授，一位讓我們對他感興趣的好老師；這並不是因爲他給的答案，而是他釐清問題的藝術，他促使我們思考。

薩特政治上的種種糊塗肇因於他對投入（engagement）這個字的概念。他的那些個投入自然是慨然付出，卻也眞不够謹愼。好幾次他都不得不承認自己弄錯了，而且連帶叫我們上了當。因而迫使我們之中的某些人重新深入地看問題，特別是對語言方面作思考。

從薩特身上可以看到政治層面某種法國浪漫主義的最後化身，法國浪漫派自以爲是沒落貴族的眞正繼承者。在舊體制中，貴族是人民的代表，所謂貴族在那時就是有封號，貴族身分在幾個世紀以來，多少都很派得上用場。到了十八世紀越來越沒用，大革命後，貴族也不再被視爲能代表全體人民。政治情況趨向現代化，人民透過各種不同的方式選舉出代表他們的人。法國經過十九世紀整整一世紀才走到普選這個階段。剛開始只有富人階級有選舉代表的權利，而自認爲是從前貴族獨一無二正牌繼承人的作家是不信任布爾喬亞的代表的。

貴族身分是一種在爭戰中展現其價值的語言，非常男性色彩的語言。在這方面有許多饒有意義的表達方式。把爭戰當做是「舞臺」，讓自己嶄露頭角，所謂嶄露頭角就是光芒四射。年輕戰士的名字一旦「昭彰」，它就開始代表其他的人。

薩特在許多方面都是這樣的優秀，視力卻有很大的問題，而且他自慚形穢。其實薩特有屬於他自己的美，那就是由臉上散發出的聰慧及寬宏的氣度，甚至包括他自慚的那份不幸。在薩特的自傳性作品《字》(*Les Mots*)中，可以察覺到很清楚的透露出一個小男孩從不曾感到自己蛻變爲一個完全的成人。對此他做了某些補償：例如情人多且帶出去亮相，藉此想告訴別人及自己，他眞正是個成人，他需要一個戰場。而他覺得教育和文學的領域男性雄風不夠。

他需要再多一點什麼，他需要有所「行動」。由於這個字的軍事意義，使 engagementt (投入)這字別有意義。在以下兩件事中有特別用法：一是自十九世紀起年輕男子要服兵役，engagement 指「入伍」；另一方面在歷史文獻中指兩支軍隊交手，戰役的一部分。而薩特的 engagement 則兼具這兩個意義。

這個觀念中帶有一個哲學家做不成戰士的遺憾。所有的這些心理上的包袱，使他匆忙下作出許多決定，所以我們願意在釐清語言這方面下點功夫。因爲我們感到我們抓不穩語言，連他自己也會抓不穩。

有些言詞是相當美妙的，一聽到的剎那就會激起我們的熱情。政治人物在爭取選票時往往會在講演中運用到這些字眼。因此在政見發表會上講到「自由」二字便會引起陣陣掌聲。但正巧每位政治人物都要用到這個字，必定會賦予其不同的涵義。翻譯成另一種語言可能就產生永遠的誤解，聯合國大會就有這種情形。

根據民眾是什麼地方人、年齡、社會階級的不同，可以發現那些美麗的字眼所表示的意義也不盡相同，這在戰後更變得昭然若揭了。我們彷彿有迷失在永遠背叛我們的語言的感覺中。爲了不致發生錯誤的投入，必須深入挖掘問題之所在，薩特發表在報刊上的文章正是爲此。我們也跟進，一方面不採取他的結論，一方面討論他在憤怒（rage）下所作的太快的決定。這就是「新小說」的起源之一了。

此文學現象始於五〇年代，到六〇年代才發展開來，後來有參與的作家都各自繼續寫作，但彼此都越來越走向不同的路。

新小說「古典時期」（一九五二——六二）的作品，當時會令人困惑有兩個因素：首要的是很難閱讀，需要相當專心，然而似乎又沒有探討到基本問題。要是薩特的書也是那麼難唸，至少可以立刻感到所花的精神是有代價的，因爲書中提及的問題顯得很重要，如戰爭、罷工。而新小說的作家敘述的是一些日常瑣事，這正是新小說的特徵，有的就是一長串對一般事物的詳細描述。遭到批評的第二個癥結就在這裏，讀者會說：「我知道什麼是杯子、桌子，什麼是門，爲何還要花三或四頁來描寫那些我已經知道的東西？」

這些代表日常物品的字有很大的優勢，它們的意義能够很快的領會，假如我說玻璃杯，有人誤解的話，我可以在手上拿個玻璃杯展示就可以，但這方法就不能用在「自由、平等、博愛」這些字身上了。要給這幾個字下定義得講好一段話，因此從能够掌握的字詞開始是比較好的。新小說在基礎及語言上有所探究。而開始想充分精確地描述一項日用品，很自然的就會覺得認不眞確，而是自以爲認得的，實際上沒有去細看呢。因此才要更加詳盡地去描寫，而這些東西雖然改變了，卻並非在所有的地方都一樣。存在於兩個地區之間觀念上的不同就是植根於對最通俗事物認知的差距。爲了理解這樣的差異就必須進入細節。大體上可以分辨出門或桌子，但在描述細節時就覺得門不是完全一樣了。

我的旅遊在這方面起關鍵作用，就在旅行時我學會觀察日常事物。我常講述四十年前在埃及開羅以南兩百公里的小鎮發生的事。那時我是當地中學的老師，這是我一生中重要時期之一。在動身之前，我事先對異國風情有對抗心理，爲了怕失望我告訴自己：「我要去的城鎮跟法國南部的小城鎮沒有兩樣。」當我剛到時候，眞的覺得跟法國南部差不多，但待得越久，越瞭解差異之大，特別是事物的差別。

從前一張桌子就是一張桌子，就像波瓦羅（Boileau）的詩所寫：「貓就是貓嘛。」或是傑魯德史坦（Gertrude Stein）的詩：「玫瑰是玫瑰是玫瑰」。但現在不是了。一朵玫瑰可以是有別於我們所認爲的玫瑰的東西。

碰到這些困難之後，我開始極細緻地描寫事物。雖然解決的也是緊迫而嚴重的問題，卻用了些必須的曲筆，有人跟我們說：「你們不够關懷他人的不幸」，我們是關心的，只是我們試圖克服的不只是別人的不幸，也是自己的。

不同的作家都有過類似不同的經驗，這些經驗讓我們明白看到薩特的「投入的文字」有一個幻象作爲基礎。那就是以爲文字是可以不投入的。而薩特自己在《情勢集》中的文章淸楚說明了，一個作家和其周遭社會以及社會問題之間的關係何等密切。

文學永遠是投入的，只是投入有對頭不對頭之分，問題就在此。作品的投入和作家意識上的政治投入，兩者之間可以很不一樣。有些作家聲稱自己的思想是左的，其作品卻反動透頂；相反的，有些作家自稱反動分子，卻寫出有可觀的前進思想和作品，很多馬克思主義的批判者就是如此。

有種政治日日有變化，其引起的投入（比如加入某一政黨）也不同；另一種政治則層次較深，演變較緩。這兩種政治是不一樣的。

當今「政治」一詞泛指以選舉爲特色的代議政府內部的討論。許多國家都還沒有選舉，而有貴族；貴族不是選出來的，是世襲的；貴族權力來自戰功或偉大貢獻。政治一字源自希臘字 polis，有城市的意思，其原義是在城市內部的公共場合 agora 所做的對衆人之事的討論。有些社會城市少，衆人之事便不能以這種方式討論。現在我們的事不是在公共場合商討，而是由數目龐大、臃腫而秘密、受到許多禁示所保護的行政部門內部來決定的。

同樣的，「文學」一詞也不是那麼簡單。今天的文學可以說是大學某些科系裏研讀的著作，但這些作品並不代表全部。我們稱之爲文學作品的著作，冠名爲文學的只是印刷品中的一小部分。在這個社會中，有大量的出版物，而政治是一很具份量的出版物製造者。幾年前出現一個詞「灰色文學」來指稱那些不被認定屬於「文學」範疇卻又在我們身邊扮演著重要角色的，就是行政部門內部的文件，包括私人企業、國家企業及跨國企業或是政府機構。

研究了「灰色文學」（littérature grise），可以發現政府及非政府的執行部門很相類似。政府和企業兩者之間的差距在十九世紀很明顯，到現在就難分軒輊，這表示我們對社會必需要做一很大的省思。

不管哪種執行部門，內部都會製造出許多隸屬於這個機構的文件，不會外流，只在社會中某一限定範圍內發表。大部分情況下，這些文件對外界的人的確一點益處也沒有；要是有用，又會拿出禁令，蓋上「密」、「機密」、「極機密」的戳記，禁止他人閱讀了。

現在有很多不錯的機器可以處理文章，光憑這些就眞能創造出現代文學。這原來並非設計來讓我們去寫小說、劇本或詩什麼的，只對灰色文學有用；出得很快，也很快就過期失效了，所以還必須發明銷燬它們的機器。因爲這文學的數量過大，而且有敵人，難免替間諜製造機會。

我們有很多所謂大學定義的文學作品，又是數目更龐大的文章中的一部分。我們其實應該試著掌握全面的文學，包括「有色文學」、「灰色文學」。整個文學的範圍又太大所以很難全面掌握。

整個政治就是用文案堆砌出來的，只是其公開性和「灰」度的不同而已。最特別的政治文章，要算是爭取選票的選舉政治文宣了，加以研究時還眞像是大學裏定義的文學。一篇政治論文的優點，若能超越發表的時限，就會因此變爲文學而可以成爲研究對象。對研究希臘、拉丁文學的人而言，戴莫斯當（Démosthène）和西塞羅（Cicéron）是散文大師。而有些法國大革命時期的演說，到今日還是引人入勝；不像有些遭人遺忘的文章只能引起一些歷史學家的興趣。

政治文章也是很重要的一種文類，而且也如同小說一樣有鉅著和平庸之別。有數以千計的普通的政治論文中，還是有幾篇可以歸類爲文學。我知道二十世紀的一些這類作品，談到十九世紀，就會立刻想到拉馬丁（Lamartine）、雨果（Hugo）、左拉（Zola）他們的偉大宣言。他們幾位充分展現出政治論文的效用及其作品特色之間的關係。

經常性的政治演講的目的，是爲了儘快在議會中達到目的，比如在討論法案時，演講是嚐試讓這個案子通過，而非另一個。在議會之外的選舉政見發表，目的也很相近：爲的是讓發表人在選舉中當選。一旦選舉過後，政見演說通常就全被拋諸腦後。事實上，當選人的作爲和先前的承諾往往難得相符。在法國政治上就有這樣一個知名的例子：戴高樂爲讓阿爾及利亞繼續爲法國屬地而舉行公民投票，選上之後，他知道這是不可能的，就立刻給予其獨立。以前的政見都掉進遺忘的深淵裏，歷史學家從那兒再把它挖出來。

這個「目的性」問題必須仔細究詰。政治演講是一種文學，我可以把這個觀念普遍應用：「灰色文學」是一種文類，又可以分爲報告、備忘錄等幾種屬於廣告性的類別。每一種都以其確保在企業內部運作的規則爲特色，無論是在企業、政府或是社會內部。這些規則可能很明白，如果是這樣就很容易違反規則；最困難的就是要改變一些我們都還不甚覺其存在的規則。政見發表如果要在選舉中發揮功用，言詞不能太繁複、太文縐縐，應該要切中主題。有幾個關鍵所在，不只要能表明自己的政見綱要，即使這只是空架子；還要能批評別人的政見，即使沒什麼別的好提，即使別人的政見也很空洞，也要做得好像煞有介事的。

選舉刊物也很重要，其規律是有其週期性。現在的日報是用今天的新聞掩蓋昨天的新聞而成的，總是要挖出條頭條新聞。除了每天不停的工作外，更重要的是假裝每天都有新事物來刺激購買慾。週刊、月刊的規則又有不同之處。

有些規則很明顯，有的則只是被默默遵守。例如小說就有些硬性的規則，要是想要有文學價值，就得按照某些規則來做。越多人看的文類，規則所給的彈性越小。

一般作家趨向於認定文學有改變現實世界的功能，其實文學只能在某個期限內做到某種地步。但是一般所說的文學做不到這一點，相反的有一大部分的文學是爲了維持這個世界，爲了讓我們的社會以同樣的方式維持下去而寫的。我們趨向於認爲唯一有價值的是創造能改變社會的文學，在今天說來，也的確如此。但要是看看過去的鉅著，我們得承認許多最重要的作品是起保存作用的，目的是要社會能維持於不墜。

有時候，一個社會實在太難維持下去，只好加以改變以便儘量保住一點點也好。要是我們需要文章以保存社會，那是因爲社會正在改變，而且是以毀滅性的方式改變。我們可能面對三個可能的情況：

一、一個敗壞中的社會，爲了救亡圖存，我們需要一些文章（也就是一些改變）。

二、社會發展過程中爲了保存自己而產生文章。

三、社會向正面的轉變中，而那些文章在轉變中起重要的作用。

要是覺得有需要導引社會向正面的方向改變，那就是說社會不够好，面臨無法避免的敗壞。

古典文學的著名作品通常都是些起保存作用的文章，首先就是一些宗教或政教合一的文類，比如權力核心存在的一套禮儀，將國王或是法老王視同神祇一般；法老王更被認爲就是神。路易十四雖不致如此，但在凡爾賽宮的小教堂中，所有的人、整個殿堂內就看到他坐在高高的臺子上，只有他一人看著祭臺，所有的宗教力量就藉著他傳到這地方來。

荷馬的史詩和希臘社會的統一是密不可分的，有些東西實在是超越了狹義的政治。荷馬的史詩是一種有關當時所有古希臘城邦的參考資料，不僅因而形成一個國家也創造出一種文化。據說在回教國家《可蘭經》是貧困人民的字典；它是語言基礎的典籍，儘管現在阿拉伯話在不同地區差別很大，但總是可以參照《可蘭經》，同樣地，荷馬史詩亦是本源，這就是爲何六世紀時雅典城邦的執政者彼西斯特拉特（Pisistrate）決定派人將它記錄下來；在這之前都只是由吟遊詩人傳頌而已。

傳統的社會，不論是遠如古、中古世紀或是古典時代，都維持了幾個世紀，多虧那些起保存作用的文章才能得以維持下來。這幾個時代的社會裏有很多需要解決的困難，特別是不平等的問題。而在某些節日的慶典可以允許用假想的方式來彌補這個缺點，西歐我們稱之爲狂歡節。所有的社會中都有這樣的現象，當然現代社會也不例外。

狂歡節是許多人可以在大白天做的一個共同的夢。在這段期間，有些規則可束諸高閣，人們可以嚐試其他的角色。在古早社會中，衣服不只是拿來禦寒的，同時也是主要的外表象徵，依著三條軸線發展的語言：

(一)、標示地理起源；每一省、每一地區都有其特殊的服飾。

(二)、顯示出職業從事及其職位高低。

(三)、可表現身分地位及權力。

在平時衣服是不准亂穿的，而喬裝是狂歡節的基本特色。

到現在我們還是有標示作用的服裝。我們大家所穿的都是中性的衣服，不過可以在式樣上多做變化。有時變化會受到限制。在某一段時間內，男人服裝唯一可能變化的就是領帶，除了某些特殊場合一定要繫黑或白領帶。幸好現在多樣性比較重要，男人可以擺脫那些古板、基本的平淡色彩，如黑色、深藍及灰色。如今我們可以想像男子身著綠色外套在街上走著，這種情形在幾年前還是很難想像的。對女人而言，式樣變化更是重要，但還是受限於複雜、無情的氣候原因。

另外有些有特別重要的象徵地位的服飾是禁止亂穿的，尤其是在等級劃分最明顯的軍隊裏。士兵不可能穿上將軍的衣服，但是在狂歡節會的時候，就另當別論。

從前每個階層都有各自的服飾，國王、公爵、子爵，他們衣櫥中的衣物，成了他們身分的縮影，衣櫥中還有全家人穿的團體服或職服等等。

另一個用衣服表徵的地方是醫院。一切都按規矩來，就能儘快分辨出每個人的角色。除了醫院，航空機員也是如此。

這就是爲何至今我們還需要有狂歡節。不具軍職的過其做軍人的癮（還有一些孩子夢想做軍人，穿穿衣服也好）。我們也可以裝扮成主教或警長。據估計，過了幾個小時或幾天的癮後，大家又會想恢復原來面目的。一旦狂歡節日結束，每個人仍是各歸其所，社會仍平靜的繼續下去。

但也說不定。有時狂歡節日太令人震撼而產生另一個作用：呈現出世界的反面，或許較壞，或許較好。起初原本是要嚐試證明社會是有問題的，否則破壞規律的狂歡節看起來也不會那麼可笑了；但偶爾卻成了社會並不健康的明證。因爲更改了規則，事情卻開始好轉起來，這時狂歡節有了革命效用，成了社會改變的前兆。

狂歡節會在某些人物、某些事物身上延續下來。有些社會會將一些帶有狂歡的功能制度化，使其在或多或少有點秘密的社會中持續下去。在西方最明顯的例子就是舞臺劇，喬裝演戲整年都在進行。狂歡節日期間，固然不論是誰都可以戴個王冠在頭上；另有演員在舞臺上一年中任何時刻都可做這樣的裝扮。在古代社會中，狂歡節有停止的時候，而每個人也都知道有結束。同樣的，戲劇只局限在一定的時空裏，而且確知扮演國王的演員並非眞的國王，只要他一離開舞臺，他只是凡夫俗子，還擁有的負面標誌抵消了他曾經炫耀的正面標記，他必須低人一等。「被排斥於團體之外」是同時代表著尊敬與不信任，演員受到讚賞、恭維，但也受社會排擠、遭到教會的指責。

只有某些人能夠整年的、在幾乎所有的場合中持續狂歡式的功能，就是那些宮廷丑角。穿著非常奇特，也擁有某些獨一無二的特權：他可以同王子說些別人無權說的逆耳之言；但相對的，所有的人都可以羞辱他、嘲弄他、甚至打他幾下，他卻不能反抗，也不能還手。不僅是衣著顯示出他的特別，身形也有不同於他人之處，看看瓦勒斯蓋斯（Velasquez）名畫中西班牙宮廷裏的侏儒就明白了。

戲劇、小丑角色引領我們思考什麼是現代的藝術家。有些人成功地做到可以與別人遵從不同的規則，創造一個中間地帶。從十七世紀到十九世紀，畫家是當時唯一可以從容不迫地端詳裸男裸女的人。而即使在妓院裏，女孩們都還是穿衣服的。

裸體也可以看做是衣飾語言中的一個名詞，赤裸也是標示著某一狀況或功能的特點。今天的社會逐漸爭取到某些地區可以裸體的權利，由於各國不同因而造成了誤會。

畫家享有的特權別人是想都別想的。有些畫家可以獲得大的聲譽，以致能扮演類似過去的丑角才有的角色。因爲某種程度道德和語言的自由，讓社會耳目一新。透過他們，大家都可能說些平常不能說的話。譬如達利就是這樣的人。

我們身處的社會不能滿足我們，雖充滿著矛盾，但我們也不想倒退回去；就這樣處在一種尋找該如何做的混沌之中，不再清楚我們要的是什麼。個人的夢想或制度化了的集體的夢想，像那些演出或節日讓我們慢慢發掘我們所想要的。

現在你明白我想說的是什麼了吧。當今運作著的政治文學文類越來越顯現其不足，既無法成功地使社會安定，也無法改變社會。我們不再知道自己要什麼，即使知道一點，也不清楚在今天的政治體系下該怎麼付諸實現。在這個體系上，我們需要加上一點什麼，普及狂歡的精神，這就是今天的藝術和文學所提供的多少有點成績。

偵探經常有超人的特質，特別能解釋疑團，在小說最後他總是能使眞相大白。尤其在老式偵探小說中，他會集合所有人物角色，然後讓兇手俯首認罪。一旦眞相大白，慈悲爲懷的偵探就會打開一扇門走出去，讓兇手自己了斷。之後消失無蹤。看到這裏，我們就可以闔上書，安心地睡覺，第二天嘴角掛著微笑再開始我們一天的工作。昨晚有些東西又讓我們能够忍受前一天令人惱火千丈的上司或同事。但這種壓力要是逐日堆積，總會有爆發的一刻。因此偵探小說和我們公家機關或企業的運作很有密切的關係，偵探小說迷是哪些人就思之過半了。

我們可以對所有熱門的小說類型做同樣的分析。比如科幻小說和我們的科技發展有關，書中描述的先進科技很令人著迷，各種落後的狀況便使人感到不耐。我們知道那樣的進步是可能的；但報紙、報導或是論文都向我們解釋說，基於經濟、政治的需要或考量，這樣的追求目前應該放棄。科幻小說描繪出一個科技進步的世界，而我們覺得那些科技是很快就會實現的。情節並不太重要，主要在於描述。我們總是要先摧毀這個想像的世界，才會比較容易回到我們習慣的、令人失望的社會。這就是爲何科幻小說常以毀滅做爲結局，我們就不會因爲生在現在這個世界而感到太不幸。

言情小說，例如艾勒甘（Harlequin）小說系列的故事老是有一個年輕的售貨小姐受到大老闆的青睞，兩人會在一起然後結婚收場。有很多以此爲主題的優秀小說，例如左拉

(Zola)的《女人的幸福》（*Au Bonheur des Dames*），當然這本書還具有許多其他的特色。而言情小說安排得叫人至多一個晚上恰好可以讀完，正符合有嚴重挫折感的婦女讀者羣的需要。這種類型小說的壽命長短取決於一國技術水平演進的狀況。讀這類作品的人都還沒有電視又渴望有電視可看，要是他們（尤其是她們）一有電視，讀書就會被看電視影集所取代。

上面各類型的小說都或明或隱地受到法律的管轄，以使它們能發揮其保存效能。由於這種需求相當可觀，令人想到有可能加以改變，改變現有的所有的文類，使之具有改造「社會」的功能。

我們所要的是一個有正面效果的狂歡，以文字或藝術的功能爲基礎。在文學中最有效的就是徹底改變用語和文類的工作，只有這個才能逐步促進政治演說的變化。這樣做必定需要有相當的時間去進行這種實驗室的研究。在我們這種結構緊密的社會裏，必須爲自己闢出一個自由的桃花源。作家應該能做出不同於畫家在畫室裏創造的作品，而且是迥然不同。作家要是以保持現狀爲原則寫作，他就很容易獲得社會的贊同；若以改革爲原則，必會遭到社會中某些有力的特權份子所封殺。權貴在這方面會相當敏感，作家應該用某種不同面貌來建立自己狂歡的領域，在喬裝之外還要喬裝。如今每個人都必須自己去取得這塊領域，以便在那兒自在地進行深入研究，藉此改變文學或藝術的平衡狀態，以及社會整體功能。

這種改變必定是起因於技術的發展，使得社會沒有照我們想的那樣運轉。我們總是落在技術之後。社會上的裂縫和漏洞愈來愈多，應好好加以利用來把價值觀顛倒過來，沒有一個政府能決定將這塊自由空間分給誰，這是很明顯的。政府、領導人及有權力的人都試著收復這個空間、控制之。總而言之，要靠藝術家或作家自己去設法通過這個共同的規律來鞏固他已經擁有的特別的地方。

在太平時候，雖然有很多問題，社會還是勉強能運作，因而也擁有一定的可支配的時間。在其他狀況下，動盪通常很劇烈，所以要等暴風雨過去，保留有用之身。如果遇到戰爭、革命、政治動亂，甚至是天災、地震，作家和科學家都難以在實驗室裏致力於他們的工作。他們的工作卻是有益的工作，是物理學家、天文學家、數學家、生物學家們相當專業的工作改變我們日常生活，那是政治家的言論遠比不上的。

要是能爲徹底改革社會盡一份力，那就應該去做。要是不能獨力工作，就應該和別人共同努力，盡快建立一個臨時工作的條件，好能致力改革。今天我們能做的是說服政府和行政機構，讓他們知道，今天的社會運作得並不好、他們做得並不好，必須找尋及準備別的事物；讓他們接受一個觀念，比如說，應該建立一個不受約束的狂歡節式的區域，才能盡可能尊重畫家、音樂家、作家、學者的一切活動。

一旦政府接受了這個看法，就會努力鼓勵藝術。但政府本身要決定何者應該鼓勵，這樣一來，他們至少被人認爲做出業績，有了口碑。以前好些社會主義國家的文學是配合政策的文學，由政府指導，要從中獲得歌頌，歌頌政府以及其德政，並助其隱藏黑暗面。這些作用很像皇家宮廷中的宮廷詩人，而王子們都有自己的文士，從前，王子是傑出的發言人，但因爲他有許多其他職責，所以由別人以他的名義代表他發言。桂冠詩人的主要任務就是朗誦供養他們的人的讚頌詞。現在的所有的政府則是製造一種官方藝術，於是產生了一種反對它的藝術，要推翻其既定價值。

我們應該做到的是，使政府或其他團體不侵犯某一個空間，在這一空間裏，要求的不是膚淺的宣傳和廣告，而是在這裏感到絕對需要把自己改造過，甚至有在這裏消失的需要。說到此，我們應做到的是逐漸能超越今天看來還有意義的「保存」和「改造」之間的對立。我們應該懂得，只有「改造」才能「保存」，而倒過來說，也只有用某一種方式「保存」才能「改造」，而且，如無休止地把過去的搬出來，大有令人忘記過去的危險。

讓我們期望許多作家都是貨眞價實的研究者，這樣才能對「政治」這個觀念徹底地改造。（陳麗卿）

三民叢刊書目

1. 邁向已開發國家　孫　震著
2. 經濟發展啓示錄　于宗先著
3. 中國文學講話　王更生著
4. 紅樓夢新解　潘重規著
5. 紅樓夢新辨　潘重規著
6. 自由與權威　周陽山著
7. 勇往直前　石永貴著
8. 細微的一炷香　劉紹銘著
9. 文與情　琦　君著
10. 在我們的時代　周志文著
11. 中央社的故事(上)　周培敬著
12. 中央社的故事(下)　周培敬著
13. 梭羅與中國　陳長房著
14. 時代邊緣之聲　龔鵬程著
15. 紅學六十年　潘重規著
16. 解咒與立法　勞思光著
17. 對不起，借過一下　水　晶著
18. 解體分裂的年代　楊　渡著
19. 德國在那裏？(政治、經濟)　郭恆鈺・許琳菲等著
20. 德國在那裏？(文化、統一)　郭恆鈺・許琳菲等著
21. 浮生九四　蘇雪林著
22. 海天集　莊信正著
23. 日本式心靈　李永熾著
24. 臺灣文學風貌　李瑞騰著
25. 干儛集　黃翰荻著
26. 作家與作品　謝冰瑩著
27. 冰瑩書信　謝冰瑩著
28. 冰瑩遊記　謝冰瑩著
29. 冰瑩憶往　謝冰瑩著
30. 冰瑩懷舊　謝冰瑩著
31. 與世界文壇對話　鄭樹森著
32. 捉狂下的興嘆　南方朔著

三民叢刊33

猶記風吹水上鱗

余英時 著

本書以紀念錢賓四先生的文字為主，賓四先生為一代通儒，畢生著作無不以重發中華文化之幽光為志。透過作者的描述，我們不僅能對賓四先生之志節與學術有深入的認識，並對民國以來學術史之發展有一概念。

三民叢刊34

形象與言語

李明明 著

藝術是以形象代替作者的言語，而在形象與言語之外，仍還有其他種種相關的問題。本書作者從藝術與時代、形式與風格、藝術與前衛、藝術與文化五個方面剖析西方現代藝術，使讀者能對藝術品本身及其相關論題有一完整的認識。

三民叢刊35

紅學論集

潘重規 著

本書為「紅學論集」的第四本。作者向來主張《紅樓夢》一書為發揚民族大義之書，數十年來與各方學者論辯，更堅定其主張。本書為作者歷年來關於紅學討論文字的總結之作，也是精華之所在。

三民叢刊36

憂鬱與狂熱

孫瑋芒 著

輕狂的年少，懷憂的中年，從鄉下的眷村到大都會的臺北，從愛情到知識，作者以詩意的筆調、鋪陳豐饒的意象，表現生命進程中的憂鬱與狂熱。以純藝術表現出發，而兼及反應社會脈動，不但樹立了獨特的個人風格，也為散文藝術開拓了新境界。

三民叢刊37

黃昏過客

沙究 著

「為樸素心靈尋找一些普通相的句子」沙究在獲得時報短篇小說推薦獎時曾對他的寫作有如是的感言，他的作品就是最好的實踐。本書將帶領您從浮生衆相中探索人類心靈的面貌。

三民叢刊38

帶詩蹺課去

徐望雲 著

我們都或多或少的讀過現代詩，但對現代詩的了解卻很少，於是許多譁衆取寵的文字便假借現代詩的名義出現，讓「詩人」成為一種笑話。本書以輕鬆的筆調、嚴肅的心情，引導讀者更接近、更了解現代詩。

三民叢刊39

走出銅像國

龔鵬程 著

「有筆有書有肝膽，亦狂亦俠亦溫文」，身處時代之中的讀書人，傾聽時代之聲，即使漠然獨立，又豈眞無關切奮激之情？看龔鵬程如何以慷慨纏綿之筆，為當今的社會文化現象把脈，提出處斷的良方。

三民叢刊40

伴我半世紀的那把琴

鄧昌國 著

本書為作者歷年來對工作及生活的感懷之作。作者以深厚的音樂素養和經歷，娓娓細訴生命中的點點滴滴。一把琴，陪伴走過半世紀的歲月滄桑，樂音寄託壯志，也撫平了激越胸懷。

三民叢刊41

深層思考與思考深層

劉必榮 著

本書收錄作者過去三年多在中國時報所發表的社論、專欄，以及國際現場採訪報導。不僅是世紀末的歷史見證，也代表了臺灣新一代知識分子，對國際局勢的某種思考與詮釋。

三民叢刊42

瞬間

周志文 著

在本書蒐集的短論中，作者以敏銳的觀察來分析這個急遽變化的世界，試圖找尋一些既存於人類心靈的永恒價值，這些價值並不因現象世界的崩解而全然消失，反而藉著不斷的試煉、考驗而更具體地存在。

三民叢刊43

兩岸迷宮遊戲

楊渡 著

本書收錄作者對兩岸關係一系列的分析報導。作者以新聞記者敏銳的觀察力，探索臺灣命運與前途，並試圖帶領大家由「統獨」「兩岸關係」的迷宮中走出來。

三民叢刊44

德國問題與歐洲秩序

彭滂沱 著

近一世紀來，德國的興衰分合不僅影響了歐洲的政治秩序，也牽動了整個世局。本書以「德國問題」的本質爲經，以歐洲秩序的變化爲緯，探索一八七一年至一九九一年間德國與歐洲安全體系的關係。

三民叢刊45

文學關懷

李瑞騰　著

本書作者長期關懷文學的存在現象與發展趨向，十年來除學術性論述以外，更不時以短文形式直指文學現實。其所爲文，或論本質、或析現象、或記實踐，上下古今，縱橫馳騁。作者筆意凝練，文風篤實，本書六十幾篇短文皆有可觀者。

三民叢刊46

未能忘情

劉紹銘　著

充實的人生，不必帶有什麼英雄色彩或建立什麼豐功偉績。如果我們遇到難以忘情的機緣時，能够認識其滋潤生命的價值，人生就不會白活。本書作者卽以此爲觀點，記錄人生種種未能忘情的機緣巧遇，文字流暢而富感情，讀來實令人著迷。

三民叢刊47

發展路上艱難多

孫　震　著

本書回顧了過去五、六年間臺灣經歷的經濟、政治、社會等種種變局。作者衷心期望臺灣在經濟發展、社會富有之後，能建立一個富而好禮的社會，而不是熱中私利、踐踏他人尊嚴的貪婪社會。

三民叢刊48

胡適叢論

周質平　著

本書是作者最近三年來有關胡適研究的論文集。文中以胡適爲中心，對五四以來科學與民主思潮的內涵進行分析；對整理國故、民主與獨裁等論爭加以探討；並將胡適與馮友蘭、趙元任、魯迅做比較研究。期能爲研究胡適的學者提供一些方便。

三民叢刊49

水與水神

王孝廉　著

從泰國北部的森林到雲貴高原的村落……從漢民族到少數民族，從神話傳說到民俗信仰……行萬里路固然是為了好玩和興趣，也為了保存民族文化的精髓。本書為作者近年來關於中國民族和人文的文字總集，深情與關懷俱在其中，值得細細品嘗。

國立中央圖書館出版品預行編目資料

由英雄的人到人的泯滅：法國當代文
學論集／金桓杰著. --初版. --臺北
市：三民，民81
面； 公分. --(三民叢刊;50)
ISBN 957-14-1924-9 (平裝)

1.法國文學-歷史與批評-1958-

876.27　　　　81005032

© 由英雄的人到人的泯滅
— 法國當代文學論集

著　者　金桓杰
發行人　劉振强
著作財產權人　三民書局股份有限公司
印刷所　三民書局股份有限公司
地址／臺北市重慶南路一段六十一號
郵撥／〇〇〇九九九八——五號
初　版　中華民國八十二年一月
編　號　S 81064
基本定價　叁元壹角壹分
行政院新聞局登記證局版臺業字第〇二〇〇號

ISBN 957-14-1924-9 (平裝)